Du könntest meine Schwester sein

Roman

Du könntest meine Schwester sein

Roman

Veronika Hempen

Veronika Hempen
Wilhelmstr. 7, 48282 Emsdetten
Veronika-h@mein.gmx

ISBN: 9798854948104
Imprint: Independently published
Auflage 1
Illustration: Rahel Gutjahr
Cover: Dream Design – Cover and Art
Lektorat: Emma Sommerfeld
Layout und Satz: Britta Benz

Du allein entscheidest,
was du in deinem Leben manifestieren willst.
Jeden Tag!

Abenteuer

Frierend steht Yara am Busbahnhof und starrt auf den Abfahrtsmonitor. Laut EFA, der elektronischen Fahrplanauskunft, müsste der Bus doch längst da sein. Sie tritt von einem Fuß auf den anderen. Läuft das zwanzigste Mal um die schäbigen, abgenutzten Drahtbänke im Wartebereich herum. Das kann doch jetzt nicht wahr sein, denkt sie. Ganze zwei Stunden hat sie schon im strömenden Regen an der Autobahnabfahrt der A7 verbracht und niemand nahm ihren ausgestreckten Daumen zur Kenntnis. Außer ein paar Vollpfosten, die sie durch die Windschutzscheibe blöd angrinsten, um dann an ihr vorbeizufahren. Innerlich den Stinkefinger zeigend steht sie jetzt an dieser Kack-Haltestelle und wartet auf den Bus. Ihr könnt mich mal, grummelt sie vor sich hin. Ich muss weg von hier, das kann doch nicht so schwer sein.

Seit Wochen hat sie alles geplant. Fast hätte dieser Wichtigtuer Fin sie aufgehalten, aber eben nur fast.

Sie hält es nicht länger aus in diesem elitären Bildungszentrum für fantasielose Idioten. Die Lehrer sehen es als ihren persönlichen Auftrag an, sie unter ständiger Kontrolle zu halten. Ja, sie hatte Mist gebaut und nicht zum ersten Mal die Schule gewechselt. Zu gerne würde sie wieder zu Hause wohnen, aber sie hat es vergeigt, nach der Sache mit Asim. Ihr ist klar, dass es Ärger geben wird, wenn rauskommt, dass sie nicht mit bei dieser langweiligen Klassenfahrt nach Breslau ist, sondern einen Trip in Deutschlands Hauptstadt macht. Aber das ist ihr gerade scheißegal. Zu blöd, dass sie den Flyer „Berlin Open Air" mit der Ankündigung ihres Lieblingsrapper „Apache" ins Sichtfenster ihres Rucksacks gelegt hatte. So peilte Fin sofort, wo sie hinwill. Ausgerechnet dieser Streber durchschaute sie, als sie dabei war, ihr Gepäck in einem Abstellraum des Internats zu versteckten. »Keine Angst, ich verrate dich nicht«, erklärte er gönnerhaft, als sie ihn erschrocken anstarrte. Soll er doch quatschen. Man wird sie nicht rauswerfen. Ihr Vater wird sich mit einer großzügigen Spende an den Internatsausschuss aus der Affäre ziehen, bis sich die Wogen wieder glätten. Hauptsache, sein Töchterlein tritt ihm nicht mehr unter die Augen.

Sie hatte es sich leichter vorgestellt, von hier wegzukommen, aber sie will unbedingt zu diesem Konzert. Im Internat gibt es eine Schülerin, die wegen des Umzugs ihrer Eltern Berlin verlassen musste. Die hasst es, in Kiel leben zu müssen und das verbindet die beiden, auch ohne Best Friends zu sein. Wenn Jill über diese Stadt spricht, hat sie ein Leuchten in den Augen. »Die Menschen da sind offen und locker drauf«, sagte sie. »Man trifft ständig auf interessante Persönlichkeiten. Sogar Schauspieler laufen da rum, ohne dass sie von jemanden angequatscht werden. Da kannst du sein, wie du bist.«

Das ist es, was Yara sich wünscht. Coole Leute treffen, die Nacht durchfeiern und chillen, ohne sich rechtfertigen zu müssen. Und jetzt kommt nicht mal dieser scheiß Bus. Auf dem gesamten Gelände des Busbahnhofs tummeln sich jede Menge Menschen, nur an dieser Haltestelle steht außer ihr niemand und es keimt der Gedanke in ihr auf, dass der Bus, auf den sie wartet, gar nicht kommt. Verstohlen sieht sie sich um und entdeckt in einiger Entfernung einen Typen, der an seinem Lieferwagen lehnt. In der einen Hand hält er einen Coffee-to-go-Becher, in der anderen ein angebissenes Brötchen. Lächelt der Kerl sie an, oder grinst der nur blöd? Endlich hört es auf zu regnen und Yara überlegt, wie sie jetzt von diesem Busbahnhof in Richtung Berlin weiter kommt, da schlendert der Coffee-to-go-Typ zu ihr rüber.

»Es ist Samstag«, erklärt er und deutet mit dem Kinn zum Abfahrtsmonitor hoch. Dann beißt er wieder zufrieden in sein Brötchen, als hätte er damit Yaras Rätsel gelöst.

»Okay«, stellt sie gedehnt fest und zieht fragend die Augenbrauen hoch.

»Samstags fährt er nicht, der Bus, auf den du offensichtlich wartest«, erklärt er.

»Oh, Shit. Heute ist echt nicht mein Tag.«

»Wo willste denn hin?«

»Nach Berlin.«

»Heute noch?« Jetzt grinst der Typ doch blöd.

»Währe schön. Aber wenn es in die Richtung geht, bin ich schon zufrieden.«

»Wie heißt du?«, fragt er und mustert ihren Rucksack.

Misstrauisch schielt Yara zu ihm rüber. Was will der von mir?, denkt sie und plant ihren Abgang. Doch sie hat auch nicht vor, hier weiter abzuhängen. Und er wirkt ja nicht gerade wie ein Schwerverbrecher, daher sieht sie ihn frech an und grinst. »Wie gefällt dir Anna?«

»Okay, hab verstanden«, erklärt er und lacht. »Ich fahre gleich bis nach Hamburg Altona, Baumaterial zu einer Baustelle bringen. Ist ein Stück weg von Berlin, aber falls Fräulein Unbekannt mitfahren möchte?« Yara jubelt im Stillen. Endlich weg aus dieser Gegend.

»Wäre cool.« Sie wirft sich den Rucksack über die Schulter. Markus, wie er sich vorstellt, hat es nicht so eilig und verspeist erst noch in Ruhe sein Brötchen, bis es endlich losgeht. Wie Yara erfährt, ist er der Sohn eines Bauunternehmers in Flensburg und fährt jeden Tag in den Semesterferien Baustellen ab, um Werkzeug und Baumaterial dorthin zu bringen. Die Zeit mit ihm ist unterhaltsam. Er redet gerne, fragt sie aber nicht weiter aus. Dass sie sich für die nächsten Tage aus dem Staub macht, statt an einer öden Klassenfahrt teilzunehmen, behält sie besser für sich.

Sehr geehrte Frau Groth,
zu unserem Bedauern müssen wir Ihnen mitteilen, dass unsere Tochter Yara wegen einer viralen Erkrankung nicht wie geplant an der Klassenfahrt nach Breslau teilnehmen kann.

Mit freundlichem Gruß
Katharina Berger

Es ist kein Problem, die Unterschrift ihrer Mutter zu fälschen. Darin hat sie ja Übung.

Markus bringt sie bis zu einem Autohof und wünscht ihr Fun in Berlin. Ihre Stimmung hellt sich merklich auf, das Wetter leider nicht. Es hat schon wieder angefangen zu regnen. Genau gesagt, es gießt in Strömen. Für Regenkleidung war kein Platz im Rucksack und jetzt hat sicher niemand Bock darauf, ein nasses Handtuch wie sie in seinem Auto mitzunehmen. Sie schlägt sich die Kapuze ihrer Jacke über den Kopf, damit er nicht einfriert bei der Kälte.

Seitdem sie vierzehn ist, trägt sie ihr Denkzentrum kahl rasiert. In Berlin fällt man mit einer Glatze sicher gar nicht auf. Da läuft jeder so rum, wie es ihm passt. Wenn sie erstmal angekommen ist, wird sie sich eine Jugendherberge suchen und ihre Klamotten trocknen. Und dann in einer angesagten Burgerbude den fettesten Burger aller Zeiten verspeisen. Es soll einen Laden speziell für die Heavy-Metal-Szene geben. Den wird sie sich ansehen. Als kleines Kind hat ihre Ma sie mit in die teuersten Einkaufsmetropolen Europas geschleppt. Ätzend langweilig war das. Wenn die im Kaufrausch ist, das weiß Yara, dann haben ihre Eltern wieder mal Zoff. Sie hasst es so was von. Es wird nicht miteinander gesprochen. Lieber kauft ihre Ma teure Klamotten, Möbel oder anderen unnützen Kram, um ihren Frust abzubauen, aber sie sagt nie, was sie denkt oder fühlt.

In den nächsten Tagen geht es nur um ihren Fun. Am meisten freut sie sich auf das Open-Air-Konzert mit coolen Livebands.

Durchnässt wartet sie unter dem Dach der Tankstelle darauf, dass endlich das Wetter aufklart. Sie wird auf eine LKW-Fahrerin aufmerksam, die auf dem Parkplatz neben ihrem Truck steht. Die Frau ist im Gespräch mit anderen Truckern. Yara nähert sich der Gruppe und hört, dass es bei der Unterhaltung um die vorgeschriebenen Pausen geht, die LKW-Fahrer regelmäßig einhalten müssen. Einer der Männer entdeckt sie beim Näherkommen und grinst. »Na, wo soll's denn hingehen, Kindchen?«, fragt er. Dabei hat der durch den Rucksack, den sie über die Schulter geworfen hat, längst gepeilt, was sie vorhat.

»Suche ne Mitfahrgelegenheit in Richtung Berlin«, erklärt Yara und schaut direkt die einzige Frau in der Runde an. Und sie hat Glück, denn die willigt ein, sie ein Stück mitzunehmen. Sie klettert in den Truck und schiebt ihren Rucksack hinter die Fahrerkabine.

Suse, so wird die Truckerfrau von den Kollegen genannt, ist erst nach der Scheidung von ihrem Ex 'on the road' gegangen. Sie arbeitet für eine Spedition und der Job gefällt ihr. Außer, dass sie ständig unter Zeitdruck fährt, damit die Ware, die sie im Wagen transportiert, pünktlich beim Empfänger ankommt. Manchmal übernachtet sie in ihrem LKW, um Zeit zu sparen.

»Fährst du auch mal ins Ausland? Ich meine, siehst was von der Welt?«, fragt Yara.

»Nee, hab minderjährige Kinder, für die ich sorgen muss. Solange die nicht flügge sind, geht´s nicht so weit weg.«

Das kommt mir bekannt vor, denkt Yara. Sie will keine Kinder, das steht schon mal fest. Und so ein Job schwebt ihr nicht vor. Stundenlang hinter dem Steuer zu sitzen, das ist doch todlangweilig.

»Was planst denn du so vor für deine Zukunft?«, hört sie Suse fragen. Kann die Gedanken lesen?

»Bist`e gut in der Schule?«

»Ich hab noch keine Pläne«, erklärt Yara. »Will erstmal frei sein. Mir nicht mehr von jedem ins Leben quatschen lassen, verstehst du?«

Suse scheint den Stimmungswechsel bei ihrem Fahrgast sofort wahrzunehmen. »Wollte dir nicht zu nahetreten, Tschuldigung«, erklärt sie beschwichtigend.

»Schon okay«, lenkt Yara ein. Suse kann ja nichts für ihren Ärger. Aber sie will nicht über die Zukunft nachdenken. Bevor sie darüber nachdenkt, was später mal ist, will sie erstmal jetzt leben. Ohne Vorschriften, Kontrolle und Plan. »Mein Vater ist der Meinung, ich sei dumm, faul und strenge mich zu wenig an. Ich soll ihm nicht länger auf der Tasche liegen, wenn ich doch nur gegen alles rebelliere, was er für richtig hält. Dabei ist natürlich klar, dass nur er weiß, was das Richtige ist.«

»Ich bin auch keine Leuchte gewesen«, versucht Suse sie zu trösten. »Aber das Leben ist zu kostbar, um sich an die Vergangenheit zu klammern. Immer nach vorne gucken. Die Zukunft ist immer vorne, das hat mein Vater so gesagt«, erklärt sie.

Yara hat keine Lust mehr zum Reden und bleibt lieber still. Suse ist das auch recht. Sie schaltet das Radio auf ihren Lieblingssender und es trällert Countrymusik durch die Lautsprecher in den Türen. Doch dann überlegt Yara es sich anders und sagt:

»Seit ich auf der Welt bin, sind wir sechsmal umgezogen. Mein Vater ist Biochemiker und reist beruflich um den halben Planeten. Meine Ma hat zwar drauf bestanden, dass wir in Deutschland wohnen bleiben, beim Freundefinden hat mir das aber auch nicht geholfen. 'Alles hat seinen Preis', war ihre Antwort, wenn ich gegen den nächsten Ortswechsel protestierte. Geld verprassen, das ist ihr Ding, weißt du. Dem fetten Gehalt meines Vaters sei Dank. Bis zu meiner Einschulung hatte sie sämtliche Haute-Couture-Läden auf fünf Kontinenten abgegrast. Ich hab mich schon manchmal gefragt, ob sie ohne mich nicht besser dran wäre. Aber die Knete allein macht sie wohl auch nicht glücklich. Nicht so, wie es mein Vater von ihr erwartet. Ich bin der missglückte Versuch, dem luxuriösen Leben meiner Mutter etwas Abwechslung und Sinn zu geben.« Suse hat so viele Geschichten von Menschen gehört, dass sie nur lächelt und meint:

»Du machst deinen Weg schon, Kindchen.«

In Magdeburg hält sie bei einer Raststätte und plant eine kurze Pause ein, bevor sie die letzten zweihundert Kilometer bis zu ihrem Auftraggeber hinter sich bringt. Sie scheint so was wie eine Frohnatur zu sein. Bestens gelaunt wünscht sie dem Mädchen neben sich eine schöne Zeit in Berlin und klopft ihr mütterlich aufs Knie. Yara stellt erleichtert fest, dass sich die Regenwolken endlich verzogen haben.

Sie gönnt sich ne Dose Cola. Auch wenn man sie durch ein Klo-Gang-Ticket günstiger bekommt, ist sie immer noch so teuer wie ne Literflasche bei LIDL. Krass. Die Regenwolken haben sich endlich verzogen, doch durch den herrschenden kalten Wind bleibt es ungemütlich. Sie sieht sich auf dem Gelände um und erblickt in einiger Entfernung ein junges Paar. Sofort schöpft sie Hoffnung, denn auf dem Autokennzeichen ihres Wagens erkennt sie ein B, für Berlin. Wenn die auf dem Rückweg sind, wäre das ihre Chance. Unauffällig nähert sie sich dem Pärchen. In dem Moment, als sie die junge Frau ansprechen will, bekommt sie mit, dass da ein fetter Streit zwischen den beiden im Gang ist. Mit Zoff kennt sich Yara aus. Und nachdem die zwei sie in ihrer Nähe wahrgenommen haben, reicht ein Blick des Mannes und sie verzieht sich schleunigst wieder. Enttäuscht läuft sie zurück zu den Tanksäulen und bemerkt eine Frau, die aus ihrem Auto aussteigt, um zu tanken. Sie schlendert mal unverbindlich an deren Van vorbei und sieht bei einem Blick in den Wagen ein Kind auf der Rücksitzbank. Bevor ihr das Erstaunen bewusst wird, spricht die Frau sie an.

»Hey, kann ich was für dich tun?« Das sagt sie so freundlich, dass Yara für einen Moment verdattert ist.

»Ach, äh, ich such eine Mitfahrgelegenheit in Richtung Berlin.«

»Wir können dich mitnehmen«, erklärt die Frau, fragt dann aber gleich hinterher: »Musst du nicht in der Schule sein, du bist doch schulpflichtig, oder nicht?«

Oh Shit, denkt Yara und will sofort den Rückzug antreten. »Ich habe heute frei«, stottert sie, »und ab nächste Woche sind Ferien.« Sie hasst das Lügen. Sie hasst, dass diese Frau sie dazu nötigt. Aber die bleibt freundlich und nervt nicht weiter mit Fragen wie: Warum trampst du denn und fährst nicht mit deinen Eltern oder mit dem Zug?

»Du kannst Tamira hinten etwas Gesellschaft leisten«, bietet sie an und da sich sicher keine bessere Gelegenheit ergeben wird, hier zügig wegzukommen, sitzt Yara, ehe sie sich´s versieht, in dem Van, der sich dann gleich in Bewegung setzt. Jetzt wird ihr das Erstaunen von vorhin wieder bewusst, nachdem sie im Vorbeigehen in den Wagen geschaut hatte. Neben ihr sitzt ein kleines Mädchen ohne Haare auf dem Kopf. »Es geht ihr heute nicht so gut«, erklärt die Mutter mit Blick in den Rückspiegel. »Wir sind auf dem Weg zur Kinderklinik«, fügt sie hinzu, als sie deutlich Yaras Entsetzen wahrnimmt. Und dann wird's komisch. »Kennst du die Klinik?«

Da wird Yara mit einem Schlag klar, warum die so freundlich zu ihr ist. Das Kind da neben ihr hat Krebs und hat die Haare durch so´ne scheiß Chemo verloren. Und die glaubt jetzt, sie wäre auch krank, wegen ihrer Glatze. Wie krass ist das denn? Sie will hier weg, sofort! Panisch jagen ihr die Gedanken durchs Hirn, wie sie aus dieser Nummer wieder rauskommt. In welchem Film bin ich hier, fragt sie sich verstört. Bilder tauchen in ihrem Kopf auf. Bilder von Max, einem vierjährigen Jungen, den sie ihr bei einem Krankenhausaufenthalt ungefragt aufs Zimmer gelegt hatten. Sie sollte auf ihn aufpassen. Dabei war sie doch selber krank. Yara war dort, weil man ihr die Mandeln entfernen wollte. Sie hatte ständig Entzündungen und Halsweh, deshalb entschied man sich für eine Operation. Sie wurde mal wieder nicht nach ihrer Meinung gefragt. Zwölf war sie da. »Das schaffst du schon«, hatte ihre Mutter gesagt und ließ ihre Tochter in der Klinik allein. Und dann schoben die Pfleger ihr diesen Max mit aufs Zimmer. Keine Haare auf dem Kopf, so wie bei dem Kind neben ihr. Die Krankenschwester erklärte Yara, dass Max auf seine Chemotherapie warte und sie ihn doch sicher so lange etwas ablenken könne. Der Junge weinte die ganze Zeit und wollte zu seiner Mama, die draußen vor der Tür mit dem Arzt sprach. Er sah so elend aus, der kleine Kerl und Yara hatte Angst, etwas Falsches zu sagen. Sie hatte versucht, ihn zu trösten, aber ihr fiel nichts ein, was ihn beruhigte. Dann kam die Frau endlich rein. Ihre verheulten Augen sprachen Bände. Als Yaras Mutter sie am folgenden Tag aus dem Krankenhaus abholte, wollte die nichts davon hören. Sie versprach nur, sich bei den Ärzten zu beschweren.

Nie mehr wollte Yara an diese Situation erinnert werden und jetzt sitzt sie neben diesem Kind. Ihr fallen tausend Flüche ein, aber kein einziger plausibler Grund, der Tante am Steuer klarzumachen, dass sie anhalten und sie aussteigen lassen soll. Yara steht kurz vor einer Panikattacke, das spürt sie ganz genau. Sie will mit diesem Kind nichts zu tun haben. Nicht heute. Später vielleicht, falls sie mal ein Helfersyndrom entwickeln sollte. Aber nicht jetzt! Scheiße, scheiße, scheiße!

»Nee, kenne ich nicht«, würgt sie im eisigen Ton heraus und schaut angestrengt aus dem Fenster. Nur nicht umdrehen, schwört sie sich. Sie wird dieses Kind da neben sich nicht ansehen! Ohne den Kopf zu bewegen, zieht sie ihren Rucksack auf die Beine und öffnet den Sicherheitsgurt. Bei der nächsten Abfahrtsmöglichkeit wird sie Stopp! schreien und aus dem Auto springen.

»Wie heißt du?«, fragt die Kleine unvermittelt. Oh Gott, bitte nicht, schießt es Yara durch den Kopf und sie verkriecht sich immer tiefer in den Sitz.

»Wie heißt du?«, kommt die Frage zum zweiten Mal.

»Nina«, hört sie sich lügen. Besser lügen, als so scheiß krank, denkt sie.

»Bist du auch krank?«

Yara hält den Atem an. »Nein«, stammelt sie und nimmt allen Mut zusammen, sich dem Kind zuzuwenden.

»Und bevor jetzt die nächste Frage aufkommt«, stellt sie klar, »ich finde das mit der Glatze einfach nur cool, verstehst du?«

Tamira prustet los, weil sie das so lustig findet. Mit ihrer brüchigen, dünnen Kinderstimme bringt sie durch ihr Lachen die ganze Akustik im Wagen zum Schwingen. Ihre Mutter schaut in den Rückspiegel und stimmt erleichtert und fast glücklich ein.

»Ja, das ist wirklich lustig«, verkündet Yara und atmet tief durch. Die Kleine gibt nicht auf. Sie reckt sich zu ihr rüber und streckt ihren dünnen Arm nach ihr aus. »Darf ich mal deinen Kopf anfassen?«

Yara möchte schreien. Nein, das darfst du ganz sicher nicht. Niemand fasst mich an!, denkt sie. Und legt dann doch ihren Kopf schief, so dass Tamira ihn mit der Hand erreichen kann. Wieder lacht das Mädchen.

»Das fühlt sich anders an«, stellt sie fest. »Da sind Stacheln drauf.«

Yara muss lächeln und ihre Panikattacke verflüchtigt sich allmählich. Die Vorstellung, dass, wenn du ne Glatze hast, keiner wissen kann, ob du krass krank bist oder nur Lit aussiehst, ist echt witzig. Obwohl Tamira dunkle Ringe unter den Augen hat und man ihr ansieht, dass sie nicht gut drauf ist, wirkt sie klug und aufgeweckt. Damals hatte Yara tatsächlich Angst, Krebs könnte ansteckend sein, nur durch die bloße Gegenwart eines erkrankten Menschen. Ihr Verstand weiß, dass das Quatsch ist, aber jemandem so nahe zu sein, der vielleicht in kurzer Zeit stirbt, nein, das ist nicht ihr Tagesziel.

»Ich habe Tamira schon so lange nicht mehr lachen gehört«, erklärt die Frau da am Steuer, als müsse sie die überschwängliche Freude an dem Spaß ihrer Tochter rechtfertigen.

»Wie alt bist du denn?«, fragt Yara.

»Ich bin acht Jahre alt«, erklärt die Kleine stolz und Yara ist überrascht, weil sie deutlich jünger aussieht.

»Gestern geworden«, schiebt ihre Mutter ein. »Das wollten wir gerne zu Hause mit ihr feiern und sie durfte für zwei Tage die Klinik verlassen.«

»Ich habe ein Melanom im Kopf«, verkündet das Mädchen, so als hätte sie heute mal schulfrei.

Was kann ich denn jetzt sagen?, grübelt Yara verzweifelt. Ich bin auf dem Weg nach Berlin, um Spaß am Leben zu haben, den du nie haben wirst?

Eine ganze Weile sagt keiner mehr etwas. Tamira scheint zu schlafen. Jetzt sieht sie noch zarter und zerbrechlicher aus. Und dann, Yara hat gar nicht bemerkt, dass sie wieder aufgewacht ist, erklärt sie: »Du könntest meine Schwester sein. So ohne Haare auf dem Kopf siehst du doch ein bisschen aus wie ich, oder?«

»Du hast recht«, räumt Yara ein und grinst.

Unvermittelt verdreht Tamira die Augen. Ihr kleiner Körper zieht sich krampfartig zusammen. Sie wimmert zuerst und dann schreit sie.

»Habe ich was Falsches gesagt?«, fragt Yara erschrocken.

Tamiras Mutter erfasst die Situation sofort. Mit einer Vollbremsung steuert sie den Van zum Seitenstreifen und hält an. Gleichzeitig zerrt sie ein Handy aus ihrer Jacke und wühlt in ihrer Handtasche. Sie greift nach einer Tablettenschachtel mit, wie Yara vermutet, Schmerztabletten.

»Bitte such mir über die Kontaktadressen die Klinik heraus und stell schon mal eine Verbindung her«, ruft sie Yara zu und wirft ihr das Handy rüber. Yara versucht, ihre Sinne in Schach zu halten, um den Auftrag auszuführen, während sich die Frau verzweifelt bemüht, Tamira mit Wasser aus einer Flasche eine Tablette einzuflößen. Die wehrt sich mit Händen und Füßen dagegen. Yara versteht das nicht.

Wenn sie solche Schmerzen hat, soll sie doch die Pille schlucken. Ihr Zustand wird sich dann sicher besser verbessern. Tamira erbricht sich und befördert damit die Tablette wieder nach draußen. Die Frau rennt panisch zur Fahrerseite des Autos zurück und setzt sich ans Steuer. Sie startet und lenkt den Wagen auf die Fahrbahn.

»Wir müssen auf den schnellsten Weg zur Klinik«, erklärt sie. Während sie über die Autobahn rast, sieht sie ständig in den Rückspiegel, um zu sehen, wie es ihrer kleinen Tochter geht. Yara sitzt versteinert neben dem wimmernden Kind, dem sie nicht helfen kann. Ihr Blick wechselt hilflos von der Frau am Steuer zu Tamira.

Wäre ich doch bloß nicht in dieses Auto gestiegen, geht es ihr durch den Kopf. Sie wagt nicht, sich zu rühren, aus Angst, sie könnte die Situation noch schlimmer machen. Die Minuten kommen ihr vor wie Stunden und am liebsten würde sie sich in Luft auflösen. Dieses verzweifelte Weinen bricht ihr das Herz. Soll sie das Mädchen anfassen? Oder tut sie ihr womöglich damit weh?

»Wir sind bald da«, bemüht sich die Mutter zu trösten. Hin und her gerissen zwischen dem Gedanken, anzuhalten und Tamira zu beruhigen oder weiterzufahren, um so schnell wie möglich in der Klinik anzukommen. »Bald hast du es geschafft, meine Kleine.«

Was verfickt geschafft? denkt Yara.

»Was werden die mit ihr machen?«

»Einen Tropf, sie werden sie an eine Infusion legen. Dann werden die Krämpfe erstmal nachlassen. Diese Medikamente werden nur in der Klinik verabreicht.«

»Mami, ich will das nicht«, schreit Tamira. »Mami, bleib bei mir.« Die Kleine schluchzt nur noch, weil sie keine Kraft mehr zum Weinen hat. Yara ist wie erstarrt.

Erinnerungen von Max tauchen wieder auf. Diese Ohnmacht und Hilflosigkeit. Sie würde am liebsten auch schreien.

Stattdessen rückt zu dem Mädchen rüber. »Nicht aufgeben, Max«, flüstert sie.

Die Kleine schaut sie aus erschöpften Augen an. »Aber ich heiße doch Tamira«, sagt sie. »Und ich bin kein Junge.«

Yara lächelt sie liebevoll an. »Entschuldige, ich habe gerade an jemanden gedacht.« Sie legt behutsam ihren Arm um die Schultern des Mädchens und summt eine Melodie. Sie kennt gar keine Kinderlieder, aber das ist in diesem Moment ja egal. Es beruhigt ihre Nerven. Und es hat den Anschein, dass es auch Tamira hilft, denn sie schmiegt sich an Yara an und schläft ein.

»Wird sie wieder gesund?«, fragt sie die Frau am Steuer.

»Ja, klar wird sie das! Die Ärzte wissen, was zu tun ist, bei diesem speziellen Tumor. Es kommt ein neues Medikament aus den USA. Das ist noch nicht zugelassen in Deutschland, aber sobald das geregelt ist, werden sie Tamira damit behandeln. Dann kommt alles wieder in Ordnung.« Und nach einer Weile der leise Nachsatz: »Wir werden die Hoffnung nicht aufgeben.« Das klingt eher resigniert.

Es kommt Yara endlos lange vor, bis der Wagen endlich den Parkplatz des Klinikums erreicht. Eine Krankenschwester erwartet Tamira schon und nimmt sich ihrer an. Sie wird mit Hilfe einer bereitgestellten Trage wegtransportiert. Yara hat keine Ahnung, was jetzt Sache ist und rennt der Frau hinterher, die sich eilig auf den Weg zur Kinderonkologie begibt. Die ganze Zeit wollte sie nur weg und fühlt sich jetzt, da man Tamira fortgebracht hat, irgendwie verloren. Sie setzt sich auf eine Wartebank vor der Kinderstation.

Plötzlich steht da ein junger Typ.

»Es geht deiner Schwester schon besser«, sagt er. »Willst du zu ihr? Eure Mutter ist in ihrem Zimmer.«

»Oh«, druckst Yara herum, »ich bin nicht ihre Schwester und das ist auch nicht meine Mutter. Genau gesagt, bin ich gar keine Verwandte.«

»Ach so, du hast so besorgt gewirkt, als wir die Kleine aus dem Auto geholt haben.« Yara zieht sich vorsorglich in ihr Schneckenhaus zurück, denn das wird ihr hier alles zu viel. Womöglich fragt der Typ sie jetzt aus und will wissen, was sie dann hier zu suchen hat. Er scheint ihre Unsicherheit zu erkennen und setzt sich neben sie. Mit seinen grünen Augen sieht er sie frech an und grinst nur. Yara zieht fragend die Augenbrauen hoch. Sicher ist er ein paar Jahre älter als sie, aber nicht alt genug, um schon ein Arzt zu sein. Lässig holt er einen Tabakbeutel aus seiner Tasche und dreht sich eine Zigarette. Sie bemerkt ein Tattoo auf seinem Unterarm und fragt: »Ist das hier erlaubt?«

»Na ja, ich bin ja nicht der Oberarzt. Solange keine Tabletts mit Essensresten auf den Zimmern stehen bleiben.« Bei der Antwort schmunzelt er und das findet Yara supersüß. Sie lächelt.

»Na geht doch«, sagt er. »Ich bin Tom und bevor du mich weiter löcherst, ich leiste hier Sozialstunden ab.«

»Scheiße«, rutscht es Yara heraus.

»Bist du sonst nur mit Jura oder Theologiestudenten unterwegs, oder was schockt dich so daran?«, will er wissen, ohne dabei seinen halb belustigt, halb provozierenden Blick von ihr zu lassen.

»Ausgerechnet hier, auf einer Kinderkrebsstation?«

»Das Alternativ hätte mir nicht gefallen«, stellt er nüchtern fest. »Und das hier wird natürlich nicht gerne gesehen«, ergänzt er und hält seinen Tabak hoch. »Da bin ich nicht das beste Vorbild, aber dafür bin ich ja auch nicht hier.«

»Wofür bist du denn hier, oder genauer gefragt, weshalb bist du hier?«, fragt Yara.

»Du bist ganz schön neugierig, weißt du das? Wir kennen uns erst fünf Minuten und ich soll dir meine intimsten Geheimnisse anvertrauen?«, bemerkt er etwas spöttisch. Yara erschrickt. Sie kennt diesen Tom überhaupt nicht und lässt sich gleich von ihm zutexten. Abrupt steht sie auf.

»Du hast recht, sorry, muss jetzt mal weiter«, erklärt sie und ist schon fast am Ende des Flures angekommen, als Tamiras Mutter mit verweinten Augen durch die Tür tritt.

Völlig geistesabwesend scheint sie durch Yara,

die vor ihr steht, hindurchzuschauen.

»Hey«, gibt die sich zu erkennen. »Geht es Ihrer Tochter wieder besser?« Erst jetzt bemerkt die Frau sie.

»Ach, du bist das.« Sie scheint keine Kraft zu haben, ein Gespräch mit einer ihr fremden Person zu führen. Da Yara sich nicht von der Stelle rührt, kommt Tom den beiden zu Hilfe und schlägt ihnen vor, gemeinsam in der Cafeteria einen Kaffee trinken zu gehen.

»Ja, das ist eine gute Idee«, lenkt die Frau ein, »den kann ich jetzt wirklich vertragen.«

»Okay«, stimmt Yara zu, »es gibt da sicher auch Tee.« Bevor sie dazu kommt, weitere Fragen zu Tamiras Verfassung zu stellen, erklärt die Frau:

»Ich habe mich noch gar nicht vorgestellt. Mein Name ist Laura Sander. Und ich möchte mich für deine Hilfe bedanken.« Verlegen sucht Yara nach den richtigen Worten. Sie würde gerne behaupten, dass es kein Problem für sie gewesen sei, doch ihr ist klar, dass das wieder eine Lüge wäre. Daher bekennt sie, welchen Schreck ihr die ganze Situation eingejagt hat. Tamiras Mutter war das nicht entgangen. Und ihr war auch klar, dass sie nicht an Krebs erkrankt ist, nur weil sie keine Haare auf dem Kopf hat. Aber sie brauchte jemanden, der Tamira ablenkte von der Tatsache, dass sie zurück in die Klinik musste.

»Tut mir leid, dass ich dir damit solche Angst eingejagt habe«, bekennt sie daher.

»Schon okay, jetzt bin ich in Berlin. Das war ja mein Ziel«, erklärt Yara und pustet verlegen in ihre Teetasse, als könnte sie sich den Mund verbrennen.

»Tamira hat nach dir gefragt«, erwähnt die Frau

bemüht beiläufig und schaut Yara dabei ins Gesicht, als ob sie etwas darin zu erkennen hofft. Yara schluckt hörbar.

»Okay«, erklärt Frau Sander im Aufstehen. »Du hast andere Pläne, das verstehe ich.« Sie winkt der Bedienung, zahlt mit einem Zwanzig-Euro-Schein und läuft schnurstracks durch die Tür.

Yara hat das Gefühl einen Fehler begangen zu haben. Und gleichzeitig spürt sie Zorn in sich aufsteigen. Was will diese Frau von mir?, fragt sie sich. Sie ist nicht nach Berlin getrampt, um sich mit den Problemen anderer Leute rumzuschlagen. Sie will Fun, Action und Party. Nur deshalb ist sie hier. Sie wird sich nicht rumkommandieren lassen. Schon gar nicht von dieser überfürsorglichen Mutter. Wütend verlässt sie das Café.

Meine Schwester

Ziellos stolpert sie durch die Straßen Berlins. Sie läuft, doch sie spürt nichts. Wie durch eine Nebelwand nimmt sie ihre Umwelt wahr. Sie wird angerempelt und jemand schaut sie wütend an. »Kannst du nicht aufpassen«, brüllt ein Mann. Aber auch das bekommt sie kaum mit. Was ist los mit mir?, fragt sie sich. Statt die Freude auf das Open-Air-Konzert zu genießen, kommen ihr Bilder von dem schmerzverzerrten Gesicht des kleinen Mädchens in den Sinn. Das alles hatte sie sich anders vorgestellt. Wenn es das jetzt gewesen ist mit dem geilen Wochenende, hätte sie vielleicht doch besser an dieser öden Klassenfahrt teilgenommen. Was wollte diese Frau von ihr? Wenn sie etwas tun könnte, was diesem Mädchen hilft, wieder gesund zu werden, würde sie es tun. Aber sie hat schließlich keine Schuld daran, dass sie so eine scheiß Krankheit hat.

Du könntest meine Schwester sein, hatte Tamira gesagt. Und dann? Dann wäre sie doch genauso schlecht dran, denkt Yara. Abrupt bleibt sie stehen und beschließt, sich erst mal eine Bleibe für die kommende Nacht zu suchen. Mit dem Handy lässt sich im Internet sicher eine Jugendherberge ausfindig machen. Jetzt erst fällt ihr auf, dass sie ihren Rucksack oben auf der Station hat liegen lassen. Dieser Tom hatte ihr angeboten, das Gepäck nicht mit durchs Krankenhaus zu schleppen und es stattdessen für die halbe Stunde bei ihm zu deponieren. Wie blöd kann man sein?, tobt es in ihrem Kopf. Wütend auf sich selber tritt sie den Weg zurück zur Klinik an und sieht sich zum ersten Mal bewusst um. Wo genau bin ich eigentlich?, fragt sie sich. Da sie so kopflos losgelaufen war, hat sie keinen Plan und ist darüber nicht minder genervt. Sie hat Hunger. Wo verdammt ist jetzt die beste Burgerbude Berlins?

Auf der gegenüberliegenden Straßenseite sieht sie eine Gruppe von Schülern an einer Bushaltestelle warten. Sie läuft rüber und fragt einen der Jungs nach dem Weg zur Charité. »Kannste gleich in den Bus hier steigen«, erklärt ein etwa Dreizehnjähriger.

»Tja, gibt nur ein Problem, keine Knete dabei«, gesteht Yara.

»Und wat willst´e dann inner Charité«?, fragt ein anderer aus der Truppe.

»Lange Geschichte, meine kleine Schwester liegt da.«

»Na denne«, meint er, holt drei Euro aus seiner Jackentasche und hält sie ihr hin.

»Du musst am Busbahnhof Campus Mitte wieder raus«, erklärt er, als sei es das Normalste der Welt, einer fremden Tussi drei Euro zu schenken. Irritiert nimmt sie das Geld entgegen, bedankt sich und steigt in den einfahrenden Bus.

Meine kleine Schwester liegt da, hatte sie das

gerade gesagt? Sie hat sich immer Geschwister gewünscht. Vielleicht wäre dann alles anders zu Hause, denn sie hätte nicht ständig im Fokus gestanden. Nachdem sie beim Durchsehen des Familienstammbuchs einmal die Sterbeurkunde einer Dorothea fand, vermutete sie, dass es die jüngere Schwester ihrer Mutter war. Sie starb im Alter von zwei Jahren. Yara sprach ihre Ma darauf an und bekam zur Antwort: »Das Thema bereichert die Welt nicht.« Was so viel hieß wie: Halt die Klappe, darüber werde ich mit dir nicht reden. War diese Schwester ein Grund, warum ihre Mutter kein zweites Kind haben wollte?

Sie steht vor der Charité und kurz taucht der Gedanke in ihr auf, bei Tamira vorbeizuschauen. Aber was, wenn es der wieder so schlecht geht? Womöglich würde das Mädchen sie bitten, zu bleiben? Nein, sie wird sich ihren Rucksack schnappen und zusehen, dass sie von hier verschwindet. Doch sie verharrt kurz am Eingang. Sie denkt an den Moment, als Tamira im Auto wegen ihrer Glatze so gelacht hat. Dieses Lachen der Kleinen erinnert sie an jemanden. Es berührte etwas in ihr. Bevor sie dem weiter nachgehen kann, holt sie eine Stimme aus ihren Gedanken. Es ist Tom. Kann das sein? In diesem riesigen Palazzo wird man doch nicht rein zufällig jemanden wieder treffen, den man erst so kurze Zeit kennt.

»Ich dachte schon, du hast dich verlaufen«, stellt er lachend fest. Dass es genau der Tatsache entspricht, wird sie ihm nicht auf die Nase binden.

»Brauchte mal frische Luft.« Auf seiner Schulter trägt Tom ihren Rucksack und Yara überkommt ein komisches Gefühl.

Jetzt heißt es Abschied nehmen und Tschüss. Doch sie bekommt ihre Füße nicht von der Stelle und hört sich selber fragen:

»Geht es Tamira besser? Ich möchte sie gerne sehen.«

»Ist heute nicht so gut«, erklärt Tom. »Morgen, wenn sie medikamentös wieder eingestellt ist, kannst du sie besuchen. Ich habe ihr übrigens gesagt, dass du kommst.«

»Geht's noch, woher weißt du, wo ich morgen bin?«

»In Berlin, denke ich, da wolltest du doch sein, oder nicht?«

Beide schauen sich eine Weile an und wie wenn man bei einem Radio die richtige Frequenz findet, fühlt sich Yara in seiner Nähe immer wohler. Sie entschließt sich, ihm erstmal zu vertraut. Tom grinst sie an und bemerkt:

»Mir ist schon klar, dass du keinen Bock auf Fragen hast, aber deinen Vornamen könntest du mir verraten, oder?«

»Ich heiße Yara«, klärt sie ihn auf, »und bin aus dem Internat abgehauen.«

Belustigt legt Tom seinen Kopf schief. »Und landest in der Charité?« Beide lachen und Yara hat zum ersten Mal, seit sie unterwegs ist, das Gefühl, auszuatmen. Das Ankommen in Berlin war bis jetzt mit so vielen Schwierigkeiten verbunden, mit denen sie nicht gerechnet hatte. Tom legt den Rucksack ab und lehnt ihn an einen Betonpfeiler der Hauswand. Dann setzt er sich auf die Treppenstufen vor dem Eingang und lädt Yara mit einer Kopfbewegung ein, sich neben ihm zu platzieren.

»Bist du das erste Mal in Berlin?«, fragt er. Sie

setzt sich und schaut zu, wie er sich seine Zigarette dreht.

»Vor zwei oder drei Jahren war ich mit meiner Ma schon mal hier. Sie hat mich durchs KaDeWe geschleppt.« Tom sieht sie mit krauser Stirn an.

»Im Ernst jetzt? Du kennst dich auf unserer Prachtmeile aus?«

»Einen Scheiß kenne ich«, entgegnet Yara. An ihrem gereizten Ton erkennt Tom, dass er gerade in ein Wespennest getreten ist und hebt beschwichtigend die Hände.

»Sorry, ich hab nichts gegen gutbetuchte Leute«, versucht er die Stimmung zu retten.

»Aber ich«, entgegnet Yara kühl und wechselt das Thema.

»Und du, was ist mit dir? Warum musst du Sozialstunden ausgerechnet hier ableisten?«

»Ich bin mit meinen Jungs herumgezogen und wir haben zwei Autos geknackt. Eine Streife hat uns beobachtet. Mit denen haben wir uns dann ein Rennen geliefert. Hoher Sachschaden, nachdem wir auf dem Gelände einer Verpackungsfirma die Schlitten unsanft geparkt hatten. Und falls du jetzt denkst, wie blöd kann man denn sein, das hat mich der Richter schon gefragt. Ich hatte gerade mit meinem Studium angefangen und wollte mit den Kumpels Abschied feiern, bevor ich in die Studentenbude ziehe. Als einer der Jungs anfing, den BMW zu knacken, hing ich mit drin in der Nummer. Den Sachschaden muss ich zum Teil bezahlen, aber wegen guter Zukunftsprognosen und Einsicht, meinte der Richter, ich solle mir mal richtiges Elend ansehen, damit ich weiß, wie es Leuten mit echten Problemen geht.« Yara zieht die Augenbraue hoch. »Nee, so hat er das nicht gesagt, aber gemeint«, ergänzt er.

»Konntest du dich da nicht gegen wehren?«

»Klar, wenn mir Jugendarrest lieber wäre, kein Problem.« Yara gewinnt den Eindruck, dass Tom ihr imponieren will.

»Es ist heftig, was man hier erlebt, traurige Geschichten und so, aber es gibt auch gute Dinge.«

»Gut? Was kann hier gut sein? Kinder, die so krank sind, dass sie daran sterben?«

Tom hat nicht vor das Thema jetzt zu vertiefen und fragt stattdessen, ob sie schon eine Bleibe hat. Sie erfährt, dass er mit zwei anderen Jungs in einer WG lebt.

»Wenn du Lust hast, kannst du dich da einquartieren und morgen entscheiden, was du weiter tun willst«, schlägt er vor. Jetzt hält Yara wieder den Atem an.

»Lieb gemeint«, winkt sie ab, »aber ich werde mir ein Zimmer in einer Jugendherberge besorgen. Die gibt es hier doch, oder?«

»Sicher, aber wir haben an diesem Wochenende ein Open-Air-Event in Berlin und es werden jede Menge junger Leute in der Stadt sein. Die trinken zu viel, produzieren einen Haufen Müll und suchen nach dem Konzert komplett übernächtigt eine Bleibe. Wenn du da nicht vorher ein Zimmer gebucht hast? Es sind sicher alle Betten belegt.«

Yara ist zum Heulen zumute. Dass sie da nicht selbst draufgekommen ist. »Heute klappt wirklich gar nichts«, entfährt es ihr frustriert.

»Wenn du willst, höre ich mich mal um«, bietet Tom an.

»Aber ehrlich, die Jungs in der WG sind in Ordnung. Du kannst gerne bei uns übernachten.«

Sie erkennt, dass dieses Angebot ihre einzige Chance ist, unterzukommen. Und sie hat keine Energie mehr, um weitere Probleme zu lösen. Da Tom im Dienst ist, beschreibt er ihr den Weg bis zur U-Bahn und schickt ihr, nachdem sie ihre Handynummern ausgetauscht haben, eine WhatsApp mit seiner Adresse. Dann nimmt er eilig die Stufen zum Eingang und erklärt, dass er wieder auf die Station muss, bevor er Ärger bekommt. Reglos bleibt Yara einen Moment an ihrem Platz, bis Tom sich kurz umdreht und ihr aus seiner Jackentasche seinen Schlüssel zuwirft.

»Was halten denn deine Mitbewohner davon, wenn ich da so spontan auftauche?«, fragt sie.

»Sag, wie es ist, dass wir uns hier kennengelernt haben. Das geht schon klar.«

Dann trennen sie sich. Tom macht sich auf den Weg zu seiner Station und Yara ist froh, erstmal wieder Abstand zu bekommen von diesem Ort. Das alles bedrückt sie. Könnte sie noch eine einzige Minute glücklich sein, wenn sie wüsste, dass ihr Leben schon bald vorbei sein wird? Bisher hat sie sich keine Gedanken darüber gemacht, wie ihr Lebensplan aussieht. Sie war sich sicher, sie hat noch ewig Zeit.

Ein blöder Hund

Zweimal nimmt sie den falschen Weg. Verdammt, was ist mit mir los, denkt sie. So leid ihr dieses Mädchen auch tut, sie ist nicht für sie verantwortlich. Und sie ist nicht nach Berlin getrampt, um sich durch diese Begegnung das Wochenende kaputt zu machen. Sie tritt gegen eine leere Bierdose, die auf dem Weg liegt und beschließt, mit dem Grübeln aufzuhören. Sie wird Tom klarmachen, dass sie diese Klinik nicht wieder betreten wird. Was kann ich schon ausrichten? Ich kenne diese Tamira doch gar nicht. Und diese Mutter, ist so ein Verhalten normal? Will die ernsthaft, dass ich mich um ihre Tochter kümmere? Andererseits setzt die sich für ihr Kind ein, auch wenn es unangenehm wird. Meine Ma würde keine fremde Hilfe erbitten, das ist mal sicher.

Als Yara aufschaut, wird ihr klar, dass sie sich schon wieder verlaufen hat. Ein Typ spricht sie von der Seite an.

»Wat´n jetze? Kiekst ja imma noch hier rum. Bist

wohl keen Berliner, wa?« Für einen Moment versteht Yara nur Bahnhof, kriegt aber die Kurve und hält dem Mann einfach Toms Nachricht, mit der angegebenen Adresse vor die Nase. »Kiek ma hier lang«, sagt er und fordert sie mit einem Winken auf, ihm zu folgen. Endlich ist sie auf dem richtigen Weg zu der beschriebenen U-Bahn-Station.

»Danke«, ruft sie dem Mann hinterher, aber der läuft weiter, hebt kurz den Arm zum Abschied und weg ist er. Die Bahn lässt nicht lange auf sich warten und Yara ist froh, die nächste Etappe geschafft zu haben. Das Zusammentreffen mit dieser Weltstadt überfordert sie. Sie fühlt sich von der Direktheit der Menschen überrollt. Seit der Sache mit Asim hat sie sich angewöhnt, niemanden an sich ranzulassen, weil ihr letztlich doch keiner zuhört. Ihre Eltern am wenigsten. Man hat sie in dieses beschissene Internat für privilegierte Kids abgeschoben und den Schlüssel weggeworfen.

Römerweg 7, da ist es. Ein Haus der 70er Jahre. Zwölf Parteien zählt sie bei einem Blick auf die Hausfront. Irgendwo läuft ein Fernseher. Die typischen, hohlen Sprüche irgendeiner Quizsendung kommen ihr bekannt vor. Einer ihrer Lehrer hatte vor einigen Monaten, bei so einem Quiz als Kandidat mitgemacht. Das durfte sich die ganze Klasse im Medienraum am TV ansehen. Er war nicht gerade die hellste Leuchte im Studio und der Typ, gegen den er angetreten war, wusste einfach alles besser.

Ihr Herz klopft, als sie auf einem der Klingelschilder die Initialen T.A.O. liest. Mehr steht nicht drauf. Nur diese drei Buchstaben. T. wie Tom, schätzt sie und bevor ihr beklemmendes Gefühl weiter zunimmt, drückt sie kurzerhand den Daumen auf die Klingel. Sie hat ja einen Schlüssel, traut sich aber nicht, ungefragt eine fremde Wohnung zu betreten. Nichts passiert. Zumindest gefühlte drei Minuten nicht. Endlich hört sie dann doch den Summer. Sie drückt sich gegen die alte Holztür und steht in einem kühlen Flur. Das Haus hat schon bessere Zeiten gesehen. Ein Anstrich würde die mangelnde Ausstrahlung an Freundlichkeit um geschätzte einhundert Prozent erhöhen. Eine breite Holztreppe führt in die erste Etage. Oben angekommen schaut sie sich um und sieht, dass eine Wohnungstür einen Spalt offensteht. Hier muss es sein, aber niemand kommt an die Tür, um zu sehen, wer da gekommen ist. Sie macht einen Schritt in die Wohnung und ruft etwas zaghaft »Hallo.« Keine Antwort. Beim zweiten Anlauf probiert sie es deutlich lauter. »Hallo, niemand zu Hause?« ,rieselt es in ihr Hirn, ein Geist wird den Türsummer nicht aktiviert haben. Aber vielleicht hat sie sich ja mit der Etage geirrt und die geöffnete Tür ist gar keine Aufforderung zum Eintreten. Sie will sich gerade zurückziehen, da schiebt sich ein Rollstuhl durch eine der Zimmertüren. Etwas benommen starrt sie auf den Typen, der darin sitzt und er schaut nicht weniger verwundert auf die Gestalt vor sich.

»Sorry«, stottert Yara. »Hab mich wohl in der Tür geirrt.

Ich suche eine WG, äh, das heißt zwei Jungs, die mit einem Tom zusammenwohnen. Aber…«

»Wie kommst du darauf?«, fragt er.

»Was meinst du?«

»Warum glaubst du, dass du in der falschen Wohnung stehst? Was im Übrigen ein Irrtum ist, denn Tom wohnt genau hier.«

»Na so was«, versucht Yara verzweifelt den Weg aus dem Fettnapf zu finden, in den sie getreten ist. »Ich hatte die Idee, du lebst hier mit deinen Eltern?« Oh Gott hilf mir, fleht sie und bemerkt, dass sich der Napf zu einem See entwickelt.

»Oliver«, sagte er mit einem schiefen Lächeln. »Mein Name ist Oliver.«

»Yara«, antwortet sie, »und, äh, können wir bitte nochmal von vorne anfangen?«

Er lacht nur und lädt sie mit einer Kopfbewegung ein, ihm in die Wohnung zu folgen. Nachdem sie erklärt, wie sie Tom kennen gelernt und hierher gefunden hat, schmunzelt Oliver.

»So ist er, unser Tom.«

Yara ist sauer. Dass einer seiner Kumpels behindert ist, hätte er ihr sagen müssen. Er hielt es gar nicht für erwähnenswert. Ist doch klar, man sitzt eben mal gelähmt im Rollstuhl, wieso auch nicht. Ihr Ärger auf Tom gewinnt immer mehr Oberhand und der Gedanke, wieder abzuhauen, gefällt ihr. Aber dieser Junge hier ist nett und sie wird der Sache eine Chance geben. Vielleicht bin ich die, die nicht richtig tickt, überlegt sie. Oliver zeigt ihr die Wohnung. Die Einrichtung ist behindertengerecht, sodass er hier gut klarkommt. Nur Toms Zimmertür bleibt verschlossen.

»Das soll er dir mal lieber selber zeigen«, meint Oliver. Andy, so heißt der Dritte in der WG, studiert Sport und wie Yara erfährt, hält der sich meistens bei seiner Freundin auf. Die hat eine eigene Wohnung und die beiden sind dort ungestörter. Oliver fährt in die Küche voraus und bietet Yara einen Himbeertee an, den sie dankend annimmt. Sie setzen sich an den Tisch und Yara ist froh, mal an etwas anderes denken zu können.

»Wie kommst du denn hier herauf, beziehungsweise wieder herunter?«, möchte sie wissen. »Ich habe gar keinen Aufzug gesehen beim Hauseingang.«

»Tja, das ist mein einziges Problem hier im Haus«, erklärt Oliver. »Es gibt keinen. Dafür brauche ich Hilfe. Genau gesagt lebe ich aus diesem Grund in einer WG.«

»Das heißt, du musst immer warten, bis einer von den anderen Jungs zu Hause ist und dich nach unten trägt? Das ist ja krass. Das macht dich doch total abhängig.«

»Ist ja nicht auf Dauer«, erklärt er. »Ich bin nicht querschnittsgelähmt. Die Nerven in den Wirbeln sind nicht durchtrennt. Ich kann mich durch die erhaltene Muskelkraft sogar einige Meter mit Gehhilfen bewegen. Nur die blöde Treppe bin ich schon zweimal runtergeflogen. Hab versucht, mich mit einem Arm am Geländer zu halten und mit der anderen Hand die Krücke zu führen. Aber die Stufen sind halbrund und das klappt nicht. Wenn ich erst mal auf der Klappe liege, geht ohne Fremdhilfe gar nichts mehr.«

»Da wird einem ja schon beim Zuhören mulmig«, erklärt Yara erschrocken. »Dann liegst du stundenlang alleine im Flur, bis mal jemand auftaucht und dir hilft? Krass!«

»Auf Dauer brauche ich eine Wohnung mit Aufzug. Aber vielleicht gibt es ein Wunder und Oliver läuft wieder.«

»Wie ist es passiert? Du bist doch sicher nicht behindert auf die Welt gekommen, oder? Äh, gelähmt meine ich«, schiebt sie nach und möchte sich auf die Zunge beißen für diese plumpe Aussage.

»Ist schon o.k., gegen den Begriff behindert ist ja

nichts einzuwenden. Nur wie er benutzt wird, hat oft was Reduzierendes. Behindert, wie beschränkt, nicht wie eingeschränkt«, setzt er nach und erzählt dann, was ihm zugestoßen ist.

»Wir waren mit vier Jungs im letzten Sommer in Österreich, um dort mit unseren Mountainbikes zu fahren. Alle keine Anfänger und schon mehrere Male im Gebirge unterwegs. In Biberwier sind wir den Barbarasteig runter. Der Weg ist ziemlich verwachsen mit altem Wurzelwerk. Mein Bruder war dabei. Er fuhr als Erster und ich kam direkt hinterher. Seine Warnung, »Vorsicht, ein Hund«, hörte ich noch, aber es war zu spät, um zu bremsen. Das Tier lief mir ins Vorderrad, ich überschlug mich und knallte mit dem Rücken auf eine Baumwurzel. Mein Fehler war, dass ich sofort aufgestanden bin, weil ich kein Drama daraus machen wollte. Ich schob das Mountainbike noch etwa einen Kilometer, dann wurde mir übel. Erst im Spital bin ich wieder zu mir gekommen und konnte meine Beine nicht bewegen.«

»Aber bisher hat sich der Zustand deiner Nerven noch nicht verbessert?«

»Doch, schon. Die Physiotherapeuten haben was drauf. Die Übungen sind anstrengend und die Sache mit der Geduld ist auch nicht so meine Stärke.«

»Was ist mit diesem Hund? Ich meine, die Hundebesitzer, haben die dir denn nicht geholfen? Die haben doch Schuld an dem ganzen Desaster.«

»Na ja, wie gesagt, ich wollte keine Welle machen in der Sache. Es war mir sogar peinlich, über einen blöden Köter zu fallen und habe dann alles runtergespielt. Ein paar Prellungen, dachte ich. Die Leute haben sofort angeboten, mich ins Krankenhaus zu bringen. Dem Akzent nach waren es Italiener.«

Die Ruhe, mit der Oliver die Geschehnisse seines schweren Unfalls beschreibt, kann Yara nicht nachvollziehen. Er scheint das alles so zu akzeptieren. Sie ist empört und wettert los:

»Da sorgt so ein freilaufender Hund dafür, dass bei dir nichts mehr geht und du nimmst das so hin? Es gibt sicher Möglichkeiten herauszubekommen, wo diese Leute leben! Du zahlst hier die Zeche allein? Das kann nicht sein! Irgendwo hatten diese Wanderer doch ein Quartier? Ein Hotel oder eine Ferienwohnung, einen Campingplatz?« Sie redet sich in Rage und ihr ist selber nicht klar, warum sie das so aufwühlt.

»Haben deine Eltern dir denn nicht bei der Suche geholfen, oder dein Bruder, der war doch dabei. Und was ist mit den anderen Jungs?«

»Ich hab's vermasselt. So ist das!« Und der Ton, mit dem Oliver das klarstellt, zeigt Yara deutlich, dass für ihn das Thema jetzt beendet ist.

»Es ist aber ungerecht. Das Leben ist so scheiß ungerecht«, schiebt sie nach und bleibt dann still. Sie atmet tief aus und sieht in Oliver`s traurige Augen. »Es tut mir leid, ich meine, ihr habt bestimmt alles Mögliche versucht.«

»Ja, so ist es, sogar die Polizei hat Ermittlungen aufgenommen, aber bisher kam es zu keinen neuen Erkenntnissen.«

Wenn ihr das passiert wäre, da ist sich Yara sicher, hätten ihre Eltern hunderte Anwälte darauf angesetzt, zu klären, wer die Besitzer dieses Hundes sind um sie auf Schadenersatz zu verklagt. Aber wäre das so falsch?

Irgendwer muss ja für Olivers teure Therapien aufkommen.

Verschiedene Wahrheiten

Mittlerweile sind schon Stunden vergangen und Yara wartet ungeduldig auf Toms Ankunft. Sie ist es nicht gewohnt, mit anderen Menschen ewig lange Gespräche zu führen. Meist endet es doch nur in Streit und daher hält sie lieber Abstand.

Oliver ist sehr aufmerksam und spürt, dass sie sich zurückziehen möchte. Er verschwindet kurz in sein Zimmer und taucht mit Kopfhörern wieder auf. »Wenn du magst, kannst du Musik hören, bis Tom nach Hause kommt«, erklärt er. Das Angebot nimmt sie gerne an. Er selbst will in sein Zimmer gehen und, wie er es ausdrückt, seine Muskulatur mit Übungen quälen. Yara ist müde und hungrig. Am liebsten würde sie sich auf die Eckbank legen und die Augen schließen. Stattdessen fragt sie:

»Kann ich mich nützlich machen? Soll ich was fürs Abendessen besorgen?«

»Ich bin mir sicher, dass Tom das schon im Blick hat und was mitbringen wird«, entgegnet Oliver.

»Aber ich hätte da eine Bitte«, setzt er unbeholfen an.

»Ja, klar, was soll ich tun?«

»Lassen wir die Sache mit dem Unfall aus unseren Unterhaltungen später raus? Ich meine, du kannst dir sicher denken, dass wir das alles schon genügend oft besprochen und diskutiert haben.«

»Du brauchst dich da nicht zu rechtfertigen. Wenn du darüber nichts sagen oder hören willst, ist das völlig o.k.« In diesem Moment klingelt es an der Tür. Yara erkennt Toms Stimme sofort und spürt ein freudiges Herzklopfen.

»Macht mal einer auf?«, ruft er und sie kann ihn hinter den gestapelten Pizzakartons, die er auf seinen Armen trägt, kaum erkennen.

»Endlich gibt es was zu essen«, ruft Oliver aus den hinteren Räumen und lacht.

»Buonasera«, trällert Tom. »Habt ihr Hunger?« Der verführerische Duft der Pizzen verteilt sich sofort im ganzen Raum.

»Den haben wir mit Sicherheit, Bruderherz. Du wirst schon sehnsüchtig erwartet«, erwidert Oliver.

»Super Idee, ich bin schon fast verhungert!«, bestätigt Yara und realisiert erst jetzt, was sie da gerade gehört hat. »Was heißt denn Bruderherz?«

»Du hast es ihr nicht gesagt?«, hört sie Tom und bemerkt, dass er Oliver mit einem entgeisterten Blick ansieht.

»Ich finde, es ist allein deine Sache, Yara zu erklären, zu wem du sie schickst, wenn du ihr unsere Adresse in die Hand drückst.«

»Ja, wahrscheinlich. Ich hatte befürchtet, dann würde sie mein Angebot, hier zu übernachten, nicht annehmen.«

»Du meinst, wenn sie gleich gewusst hätte, dass hier dein im Rollstuhl sitzender Bruder auf sie wartet?«

»Moment mal«, platzt Yara heraus. »Wollt ihr beide mich verarschen? Ich bin von zu Hause weg, weil ich diesen verlogenen Umgang mit mir nicht mehr ertrage, und was geht hier ab? Ich check es nicht. Was soll das, Tom?«

»Bitte sei nicht sauer«, windet sich Tom.

»Du bist ein Fake, weißt du das?«, schmettert sie. Und dann sieht sie in Olivers Gesicht und erkennt Genugtuung darin, was sie noch mehr aufbringt. »Und du armer, gelähmter Bruder bist nicht besser. Hattest du wenigstens Spaß, deine Zeit mit so`ner naiven Tussi zu verbringen?« Ihr Blick streift suchend durch den Raum. Sie will sich ihren Rucksack schnappen und von hier verschwinden. Dieser Tom hat sie behandelt wie ein Kind. Das lässt sie nicht mehr mit sich machen. Ja, vielleicht wäre ihr das alles zu viel gewesen, nach dem Schock mit Tamira, aber sie hatte nicht die Möglichkeit, zu entscheiden, ob sie unter diesen Umständen hier übernachten will.

»Sag mal, haust du immer sofort ab, wenn's ein Problem gibt?«, hört sie Oliver sagen, denn er hat schon gecheckt, was sie vorhat. »Du hast mir erzählt, du bist von zu Hause weg, weil du dich nicht ernst genommen fühlst. Und jetzt glaubst du, dass wir dich hintergangen haben, das ist okay. Aber gib uns mal die Chance, das zu klären, bevor du die Tür hinter dir zuschlägst.« Yara kneift die Augen zusammen und reckt ihr Kinn. Mit verschränkten Armen hört sie Oliver zu.

»Als du hier aufgetaucht bist, hab ich Tom unterstellt, mein Zustand wäre ihm peinlich und dass er dir deshalb nicht gleich gesagt hat, dass wir Brüder sind. Da hab ich die Klappe gehalten und dachte, mal sehen, wie er sich da rauszieht. Das war saublöd von mir und es tut mir leid.«

Yara ist verwirrt. So, wie es aussieht, haben die Jungs da was unter sich zu klären, mit dem sie gar nichts zu tun hat. Trotzdem fühlt sie sich übergangen. Jetzt muss sie sich entscheiden und erklärt:

»Okay, ich bleibe, aber solche Nummern könntet ihr euch sparen.«

»Du hast schon enge Vorstellungen zum Thema Freundschaft«, stellt Oliver grinsend fest.

»Ich habe genau gesagt keine Freunde und von daher auch keine Vorstellungen davon.«

»Es gibt meistens verschiedene Wahrheiten, das kann ich dir versichern«, spricht Oliver weiter. »Nach meinem Unfall waren alle um mich herum bemüht, mich zu schützen, mich zu trösten, mir zu helfen. Aber keiner hat es ausgehalten, Tacheles zu sprechen. Dass es so sein kann, dass mir der Rollstuhl für ewig erhalten bleibt. Ich hab diese Heuchelei nicht mehr ertragen und wurde immer stinkiger. Es gab Tage, da wünschte ich alle zur Hölle, weil mir niemand zuhörte.

Mach dir keine Sorgen, das wird schon wieder, lass den Kopf nicht hängen, du musst Geduld haben. Dabei hatten doch alle nur den gleichen Gedanken. Was, wenn das nichts mehr wird mit dem eigenständigen Leben? Keiner war bereit, sich mit dem Thema Angst auseinanderzusetzen. Bevor du wegläufst, wäre es mal interessant zu wissen, warum Tom dir nicht gesagt hat, was los ist. Ich sitze ja schließlich nur im Rollstuhl und hab nicht nebenbei die Beulenpest, oder?« Bei dem Satz lächelt Oliver Yara offen ins Gesicht und ihr Zorn verraucht.

Tom erklärt reumütig, dass er alles aufklären wird, aber erst nach dem Essen, da sonst die Pizza kalt wird. Das ist ein unwiderlegbares Argument. Sie setzen sich an den Tisch, um sich den Bauch vollzuschlagen. Nachdem sie die Pizzen, bis auf den letzten Krümel verschlungen haben, ist die Stimmung friedlich. Yara möchte die Atmosphäre nicht gleich wieder gefährden und lässt das Thema von vorhin erst mal ruhen. Oliver zieht sich in sein Zimmer zurück, sicher um den beiden Streithähnen die Arena zu überlassen. Tom und Yara räumen die Küche auf und waschen das benutzte Geschirr ab. Beide sind befangen und wissen gerade nicht, wie sie einen lockeren Umgang miteinander herstellen können.

»Wie alt bist du eigentlich?«, fragt Yara.

»Zwanzig.«

»Alter Mann.« Sie lächelt.

»Dann hoffe ich, du stehst auf ältere Männer.« Er grinst.

»Ich steh auf Leute, die mich nicht belügen.«

»Hey, es tut mir leid, okay? Ich mach es wieder gut. Versprochen«, erklärt Tom.

»Wie geht es Tamira?«, fragt Yara. »Hast du sie gesehen?« Tom legt sein Geschirrtuch auf den Tisch und schaut sie an.

»Sie hat nach dir gefragt«, stellt er fest, ihren Blick suchend. Kurz hält er inne und sagt dann: »Sie würde dich gerne nochmal sehen.«

»Du meinst, bevor ich mich wieder absetze«, scherzt Yara.

Tom zögert, druckst.

»Ehrlich gesagt, nein, das habe ich so nicht gemeint.« Yara steht zur Abwechslung mal nicht auf der Leitung.

»Du meinst, bevor … Bitte sag das nicht«, flüstert sie und verliert in diesem Moment jede Farbe aus dem Gesicht.

»Es ist die Wahrheit. Ihre Mutter hat Tamira heute in das Kinderhospiz verlegen lassen. Der Tumor ist aggressiv und lässt sich nicht mehr behandeln. Außerdem haben sich Metastasen an anderen Organen gebildet. Und jetzt ist noch eine Lungenentzündung dazu gekommen.«

»Aber ihre Mutter hat gesagt, dass alles wieder in Ordnung kommt«, widerspricht Yara. »Sie warten nur auf das passende Medikament.«

»Es würde ihr nicht helfen«, erklärt Tom behutsam. Seine Worte dröhnen in Yaras Kopf und sie drückt sich die geballten Fäuste an die Schläfen. Sie will das nicht hören.

Wir könnten Schwestern sein, hatte Tamira gesagt. Ihr Lachen. Sie hört dieses Lachen eines unschuldigen kleinen Mädchens, das sich freut, sie kennenzulernen. Ausgerechnet sie. Aufsässig, kratzbürstig, widerspenstig, so wird sie von ihrem Umfeld gesehen. Und so sieht sich Yara auch selber.

Sie ist eine Außenseiterin und will sich nicht anzupassen. So hat sie wenigstens ihre Ruhe. Und jetzt kommt ihr dieses Kind in die Quere. Hätte ich das Mädchen bloß nicht angesehen, ich wollte das nicht, schreit es in ihrem Inneren. Doch anscheinend hat sie es laut ausgesprochen, denn Tom sieht sie fragend an.

»Ja was? Ich will da nicht mit reingezogen werden.« Er bemerkt, wie aufgewühlt Yara ist und hält ihrem Blick stand.

»Ich hätte gerne eine kleine Schwester gehabt«, bekennt sie dann und ihre Stimme wird weicher. Ich hätte sie beschützt, vor den Idioten an der Schule. Niemand hätte es gewagt, ihr wehzutun. Mich hat nie jemand verteidigt. Nicht mal als es hieß, ich hätte mit Drogen gedealt. Dabei hasse ich das Zeug. Ich kenne Leute in meinem Alter, die sich regelmäßig damit abschießen. Aber die entscheiden das so, denen ist das Leben eben schnuppe. Dieses Mädchen hat keine Chance, etwas zu entscheiden. Yara ist hin und her gerissen. Sie will sich nicht mit Krankheit und Tod beschäftigen, nicht jetzt. Dafür ist sie nicht nach Berlin gekommen. Andererseits kann sie doch nicht zulassen, dass man Tamira aufgibt. »Es wird sicher möglich sein ihr zu helfen«, erklärt sie bestimmt.

Doch Tom hält dagegen. »Das Nichtakzeptieren hilft ihr nicht. Das hat Oliver ja schon gesagt. Bei ihr zu sein, heißt, ihre Krankheit zu akzeptieren. Sie zu begleiten auf ihrem Weg. Die Ärzte helfen bei dem Rest.«

»Dass du das so sagen kannst«, empört sich Yara und spürt, wie sich Tränen ihren Weg bahnen. »Sie ist so jung. Viel zu jung, um zu sterben.« Yara wünschte woanders zusein. Nicht in diesem Zimmer, in dieser Situation.

»Ich will das nicht. Ich kann nicht«, wehrt sie ab. Tom nimmt Yaras Hand in seine.

»Das ist die Kehrseite der Medaille«, sagt er leise. »Wir wollen keine Lügen, aber die Wahrheit ist manchmal kaum zu ertragen.« Diese Nähe zu Tom zuzulassen, fällt ihr schwer und sie entzieht ihm ihre Hand. Was will dieser Typ jetzt von mir hören? Dass ich auf Mutter Theresa mache?

»Ich werde morgen früh den Abflug machen«, erklärt sie.

Tom schaut sie nachdenklich an.

»Schlaf erstmal eine Nacht drüber«, schlägt er vor.

»Warum bist du so nett zu mir?«, fragt sie misstrauisch.

»Du weißt doch gar nichts von mir. Ich könnte heute Nacht euer Geld einsacken und einfach abhauen.« Tom lacht laut.

»Okay, auf den Gedanken bin ich noch gar nicht gekommen. Dann solltest du doch besser mit in meinem Zimmer übernachten, damit ich Wache halten kann.« Yara muss auch lachen, denn sie ist keine Diebin und das weiß er. So viel Menschenkenntnis traut sie ihm zu. Tom geht noch einmal einen Schritt auf sie zu und sieht sie an, ohne sie zu berühren.

»Ich werde dich nicht verletzen«, erklärt er ernst. »Es wäre nur schön, wenn du mir ein wenig vertraust.« Yara sehnt sich so sehr nach Verlässlichkeit und Wärme, dass sie sich zu ihm dreht und ihre Stirn an seine Schulter lehnt.

»Da im Krankenhaus«, erklärt sie, ohne ihn anzusehen, »da hatte ich nur einen Gedanken, wie komme ich hier schnell wieder weg und lasse das alles hinter mir. Ich kenne dieses Mädchen doch gar nicht. Und jetzt habe ich das Gefühl, verantwortlich zu sein. Es gab in meinem Leben bisher nicht mal einen Kanarienvogel, für den ich zuständig war.«

»Du bist aber nicht gegangen. Du interessierst dich dafür, wie es Tamira geht. Das heißt doch, dein Herz trifft eine andere Entscheidung als deine Angst.«

Yara löst sich von Tom und sieht ihn an. »Ich brauche Zeit, verstehst du das nicht? Im Moment weiß ich nicht, wie ich damit umgehen soll. Lass mich wirklich eine Nacht darüber schlafen.«

»Okay«, sagt er sanft. »Aber da gibt es etwas, was ich dir beichten muss. Als ich dich in dem Wartebereich auf der Station gesehen hab, war ich neugierig auf dieses Mädchen mit der sexy Frisur und der gleichzeitig so schüchternen Art. Ich wollte dich unbedingt kennenlernen und habe mich dann als den coolen Typen mit sozial auffälligem Hintergrund ausgegeben.«

Yara geht einen Schritt zurück und verschränkt die Arme. Dabei ist sie mehr amüsiert als erstaunt oder sauer. »Das heißt, die Nummer mit den geklauten Autos hast du dir ausgedacht?«, fragt sie mit gespieltem Entsetzen. Grinsend zuckt Tom die Schultern.

»Nicht direkt erfunden, ist nur schon zwei Jahre her. Sie haben mir eben abgenommen, dass ich so´n Scheiß nicht noch mal bringe. Wollten mir nicht gleich meine Zukunft versauen.«

»Und wie bist du dann auf der Onkologie gelandet?« Wieder zuckt er mit den Schultern.

»Praktikum. Das brauch ich für mein Medizinstudium.« Yara hatte ihm in der Klinik nicht wirklich zugehört, weil in ihr die schrecklichen Bilder dieses schreienden Kindes nachklangen. Das war für sie alles zu heftig und sie fühlte sich komplett am falschen Ort.

»Wie verpackst du das nur?«, möchte sie wissen. »Ich meine, du versorgst jeden Tag Kids, die die gleichen Träume und Vorstellungen von ihrer Zukunft haben wie alle jungen Leute. Wie hältst du das aus, denen ins Gesicht zu sehen, mit dem Wissen ...«

»Die ersten Wochen waren nicht einfach, das gebe ich zu. Menschen, die schwer erkrankt sind, leben für den Traum, wieder gesund zu werden. Bei vielen geht dieser Wunsch auch in Erfüllung, weil es gute Heilmittel und gute Ärzte gibt. Für die, bei denen die Prognose schlecht steht, ist eine andere Begleitung nötig. Aber wir sollten das Thema nicht heute Abend besprechen. Es war ein langer Tag für dich. Und für mich ehrlich gesagt auch. Mach dir keinen Druck.«

»Was ist das für eine Geschichte mit dir und deinem Bruder?«, fragt Yara.

»Es war mir wichtig, dass du bleibst, denn sei jetzt nicht sauer, aber du bist hier in Berlin eine Landpomeranze und vor allem fremd. Ich hatte Sorge, dass du auf die falschen Leute triffst und wer weiß, wo du dann übernachtet hättest. Es wäre sicher besser gewesen, ich hätte dir gleich gesagt, dass Oliver seit einem Unfall im Rollstuhl sitzt. Aber ...«

»Verstehe. Du hast ein Helfersyndrom«, stellt Yara fest und tippt Tom mit ihrem Zeigefinger auf die Brust.

»Ich habe vor allem ein Interesse daran, dich näher kennenzulernen«, stellt er lächelnd fest und stupst ihr mit seinem Zeigefinger auf ihre Nase.

Yara ist klar, dass er Recht hat. Der Tag war schon so Stress pur. Mit dem Wissen, dass Toms Bruder im Rollstuhl sitzt, hätte sie sich freiwillig nicht mehr auseinandersetzen wollen.

»Oliver ist total unkompliziert und kein bisschen verbittert«, ergänzt Tom. »Ich war mir sicher, du würdest ihn mögen.«

»Ja, das tue ich auch. Er ist wirklich okay. Der Bruder, der bei dem Unfall dabei war, warst du das, oder gibt es noch einen anderen?«

»Nein, das war ich. Hat er dir Genaueres darüber

erzählt? Er redet mit Fremden nicht über das Thema.«

»Ich habe ihn danach gefragt, war das ein Fehler?«

»Mach dir da keine Sorgen.« Tom lacht. »Wenn er etwas nicht will, dann sagt er das.«

»Gibt es noch mehr Missverständnisse zu klären, oder war's das jetzt?«

Statt zu antworten, greift Tom nur nach Yaras Händen und sie lässt es zu. Ein Gefühl von Wärme durchströmt sie, was ihr fremd ist und sie verunsichert. Doch es fühlt sich gleichzeitig gut an. Tom spürt ihre Beklommenheit sofort und tritt einen Schritt zurück. Eine Hand hält er fest, als er fragt:

»Und?, willst du noch was unternehmen? Du bist doch nach Berlin gekommen, um ne Sause zu machen, oder nicht?«

»Wie, jetzt, echt?«, fragt Yara erfreut.

»Ich kenne hier ein paar angesagte Kneipen«, erklärt Tom lässig. Yaras Augen leuchten vor Begeisterung. Eigentlich ist sie hundemüde, aber vielleicht kann sie an diesem Abend doch noch etwas von dieser Schwermut abschütteln, die sie seit Stunden im Griff hat.

Trotz allem Zetern und Meckern lehnt Oliver es ab, mitzukommen. Yara wäre es lieber, wenn er sie begleiten würde. Er ist ihr sympathisch, weil er so ehrlich ist. Und er will nichts von ihr. Tom, möchte sie näher kennenlernen, hat er gesagt. Aber will sie das auch?

Sie nehmen die nächste S-Bahn ins Zentrum und jetzt spürt Yara endlich etwas von dem Puls dieser Stadt. Sie ist in Berlin, lernt Leute kennen, tingelt durch Szenekneipen und genießt es, frei zu sein. Nur ihr Herzklopfen, das sie spürt, wenn Tom in ihrer Nähe ist, verwirrt sie. Sie hatte noch nie eine Beziehung. Auf einer Party machte sie eine Erfahrung, die sie nie wieder erleben möchte. Seitdem ist sie vorsichtig, wenn einer sie anmachen will. Es soll bloß keiner mehr wagen, ihr ungefragt auf die Pelle zu rücken.

Dem kratzt sie die Augen aus, so viel steht fest. Tom ist nicht so ein Arsch, denkt sie. Und vielleicht will er ja auch gar nichts von ihr und ihr Misstrauen spielt ihr einen Streich.

Sie fahren noch eine Station mit der U-Bahn weiter bis zum Alexanderplatz und laufen zu einem Club Namens Libelle. Hier trifft Tom überall Leute, mit denen er kurz quatscht, und alle sind interessiert, wen er da im Schlepptau hat. Er stellt Yara als seinen Besuch aus Kiel vor. Das freut sie, denn sie wird gleich freundlich aufgenommen. Tom albert herum und bringt sie zum Lachen. Obwohl die Dance-Musik nicht so ihr Fall ist, sie steht ja mehr auf Rap, findet sie es cool, hier zu sein. Sie kann sich endlich mal entspannen. Es gefällt ihr, mittendrin zu sein und doch anonym. Ganze drei Stunden lang zieht Tom mit ihr durch verschiedene Bars, mit zum Teil geiler Musik. Zuletzt zeigt er ihr die Kneipe, in der er sich abends am liebsten aufhält, wenn er sich mal mit Freunden trifft. Es ist ein historisch altes Gemäuer, vor dem sie stehen. Der Eingang ist so schmal, dass man hintereinandergeht, um einzutreten. Das schummrige Licht passt zu der Stimmung und obwohl es keine Live-Musik gibt, ist Yara angetan von der Atmosphäre hier. Das Mobiliar wirkt so altertümlich wie das Haus selbst. An den Wänden hängen Fotos aus vergangener Zeit. Vielleicht Erinnerungen an die Geschichte dieses Gebäudes.

Kleine Massivholztische mit samtbezogenen Stühlen stehen im Innenraum verteilt, sodass es den Gästen eine Privatsphäre ermöglicht. Yara gefallen alte Einrichtungen. Ihre Mutter tauscht in ihrem Hause ständig alles aus. Sie mag nichts Altes.

Nach den lauten Bässen der vergangenen Stunden sind die gedämpften Töne hier angenehm. Fast ein wenig melancholisch klingen die Songs. »Hier können wir uns endlich mal in Ruhe unterhalten«, stellt Tom lächelnd fest und sucht eine Ecke im hinteren Teil des Lokals. Sie bestellen sich zwei Colas.

»Und? Hast du dir einen Abend in Berlin so vorgestellt?«, möchte er wissen. Sie strahlt. »Ja, es hat echt Spaß gemacht, hier mal durch die angesagten Clubs zu ziehen. Vor allem mit einem netten Begleiter, der nebenbei volljährig ist und es mir damit erleichtert hat, reingelassen zu werden.«

»Wenn du willst, zeige ich dir morgen etwas von der Stadt«, bietet Tom an. »Interessierst du dich für Kunst?« Yara räuspert sich.

»Ich bin auch einer der Leute, die einen Haufen Müll produzieren und sich nach dem Open-Air-Konzert morgen, übernächtigt eine Bleibe suchen müssen«, bekennt sie mit einem Grinsen im Gesicht.

»Okay«, erklärt Tom gedehnt und hält sich schuldbewusst die Hand vor die Augen. »Aber eine Bleibe suchen musst du dir nicht. Das ist doch klar, oder?«

Darauf antwortet Yara ihm nicht. Was morgen ist, darüber will sie jetzt nicht nachdenken. Stattdessen möchte sie mit Tom über Olivers Unfall sprechen. Es beschäftigt sie und sie möchte wissen, wie er darüber denkt. Tom erzählt von seinem Elternhaus. Er hat nicht so wohlhabende Eltern wie Yara. Doch nachdem Oliver verunglückt war, bestanden sie darauf, dass er zu ihnen zieht. Sie planten, ihr Haus so umbauen zu lassen, dass er dort zurechtkommt. Und es wäre gar nicht so weit weg von Berlin, in Wandlitz. Tom lacht, denn er hat die Reaktion seines Bruders noch deutlich vor Augen, nachdem ihm seine Eltern die Idee offerierten.

»Schlimmer geht´s wohl nicht«, hatte Oliver damals geschimpft. »Die werden in mir wieder den kleinen Jungen sehen und mich die ganze Zeit zutexten.« Es war dann Tom, der auf die Idee mit der WG kam. Damit konnte sich Oliver anfreunden.

»Olli hat sich schon verändert«, sagt Tom und blickt in seine Cola.

»Olli?«

»Ja, vor seinem Unfall haben ihn alle so genannt. Seit dem Unglück will er nur mit Oliver angesprochen werden. Als ob er damit ein Zeichen setzt, dass sein Leben nicht mehr dasselbe ist.«

»Machst du dir Vorwürfe wegen seines Sturzes?« Tom schweigt eine ganze Weile und Yara sagt nichts weiter. Vielleicht gehe ich ihm mit meiner Fragerei auf die Nerven, denkt sie, aber dann spricht er doch.

»Olli hat früher jeden Scheiß mitgemacht. Auch Dinge, die waghalsig waren. Er war ein Draufgänger und fuhr sein Mountainbike ohne Vorsicht. Hauptsache Fun, das war das Credo. Als wir diesen Barbarasteig runter sind, bin ich bewusst vorausgefahren. Ich wollte ihn bremsen. Dann kam dieser blöde Hund und alles lief schief. Wäre Olli vorne gefahren, säße er heute nicht im Rollstuhl«.

»Sondern du?«

»Ich weiß es nicht«, flüstert er. »Vielleicht wäre ich eine halbe Minute später da gewesen, weil ich eben langsamer fahre, und es wäre nichts passiert.«

»Ja, vielleicht, aber deswegen hast du trotzdem keine Schuld an Olivers Hang zum Leichtsinn«, stellt Yara fest. Tom schaut sie erstaunt an.

»Du bist ganz schön klug, weißt du das?« Sie lächelt verlegen.

»Bist du mir noch böse, weil ich dir nicht am Nachmittag schon von Olivers Unfall erzählt habe?«, fragt Tom. Sie nimmt seine Hand in ihre.

»Wonach sieht´s denn aus?«

Vertraute Gefühle

Tom will Yara sein Bett überlassen und auf der Schlafcouch im kleinen Wohnzimmer übernachten. Sie lehnt das ab.

Komfortzone braucht sie nicht. Er hat schon erkannt, dass sie ihren Kopf hat und lässt ihr ihren Willen. Sie entledigt sich ihrer Schuhe und schaut sich in seinem Zimmer um. Als sie an der Wand ein Poster von der Gruppe Coldplay erblickt, macht sie sich lustig.

»Stehst du auf die 80er-Jahre-Musik?« Er druckst ein wenig herum und erzählt, dass er vor längerer Zeit mal ein Mädchen auf einem Konzert kennengelernt hat, in die er dann schwer verknallt war. Und seitdem hängt es da, dieses Poster. Sie entdeckt ein gerahmtes Foto, auf dem einige Jungs abgebildet sind. Einer von ihnen ist Oliver. Man erkennt sofort sein verschmitztes Lächeln. Auf dem Bild stehen alle um ein Motorrad herum, anscheinend begeistert von dem Bike.

»Olli stand da noch auf seinen Beinen«, hört sie Tom, der jetzt dicht hinter ihr steht.

»Wie lange ist das her?«

»Zwei Jahre. Einer der Jungs, der hier.«, Tom zeigt auf den jungen Typen hinter der Maschine, »dem gehörte die Karre. Das war echt ein heißes Teil! Eine 1000er BMW. Ein Jahr später ist er verunglückt. Er hat es überlebt, aber sein Motorrad war Schrott.«

»Du bewahrst gerne Erinnerungen auf«, stellt Yara fest.

Sogar ein Plüschtier lugt aus einer Ecke im Regal.

»Hältst du mich jetzt für ein Weichei?«, will Tom wissen und zieht dabei die Stirn kraus.

»Nee«, antwortet sie gedehnt, »eher für einen Romantiker.«

»Und ist das ein Problem für dich? Ich meine, findest du Jungs mit einer romantischen Ader kindisch, oder sogar naiv?«

»Wenn ich ehrlich bin, Tom, habe ich da nicht viel Erfahrung. Vor allem nicht mit Jungs, bei denen ich übernachte.«

»Tja dann«, stellt Tom fest und streichelt ihr sacht über den Arm, »sind wir wohl beide gute Blender.«

»Ich habe jedenfalls keine romantische Ader«, erklärt Yara und dreht sich zu Tom um. »Ich würde nie Erinnerungen aufbewahren. War bisher aber auch nichts dabei, was sich lohnen würde. Klingt bescheuert, oder?«

»Klingt nach vielen Enttäuschungen.« Tom geht noch einen Schritt auf Yara zu und sie spürt wieder dieses Herzklopfen. Aber sie lässt es einfach klopfen und weicht Tom nicht aus, als er sagt:

»Was immer das hier mit uns wird, ich wünsche mir, dass es etwas Wunderschönes hinterlässt in deiner Erinnerung.«

»Ich finde dich nicht kindisch und erst recht nicht naiv«, erklärt sie lächelnd.

»Hast du schon eine Entscheidung getroffen, was Tamira angeht?«, fragt Tom leise. Yara dreht sich von ihm weg und schaut auf den Boden, als suche sie da nach einer Antwort.

»Es ist okay, wenn du jetzt nicht darüber sprechen möchtest.«

»Ich will schon. Ich hab nur ...«

»Angst«, bringt Tom es auf den Punkt. »Du weißt nicht, was dich erwartet im Hospiz und hast Sorge, zu versagen. Aber Schwäche zu zeigen, heißt, ehrlich zu sein.«

»Schwäche zeigen?«, platzt es aus Yara heraus. Sie läuft zu Toms Bett und kriecht bis zum Kopfende. Mit dem Rücken zur Wand umarmt sie zusammengekauert ihre Knie und schaukelt vor und zurück, um sich zu beruhigen. Aber die Worte brechen aus ihr heraus: »Meine Eltern haben mich gegen meinen Willen in ein Internat abgeschoben. Da Asche keine Rolle spielt, in ein privates. Ich fand mich nicht zurecht unter diesem Volk von Strebern und Angebern. Hab mich nicht angepasst und wie die anderen mit neuen Markenklamotten herumgeprotzt oder vom letzten Urlauben an der Cote d´ Azur geschwärmt. Ich wurde zur erklärten Looserin. Aber das war mir egal, verstehst du?« Tom setzt sich mit etwas Abstand zu ihr auf das Bett und schaut sie an, ohne sie zu unterbrechen.

»Mir wurde vorgeworfen, eine Mitschülerin beklaut zu haben, was nicht stimmte. Vor einem Lehrergremium zitiert, war ich so fassungslos, dass ich anfing zu heulen. ‚Deine Tränen helfen dir jetzt auch nicht weiter', hieß es. Das sah ich ein und ich entschied mich nie wieder vor anderen Schwäche zu zeigen. Es gab einen Vertrauenslehrer, der mir zuhörte und nachdem er sich meine Zimmernachbarin vorgeknöpft hatte, war der Vorwurf vom Tisch. Niemand verlor mehr ein Wort über diese Sache. Schwäche zeigen heißt, sich nicht zu schützen und angreifbar zu sein.«

Tom rückt näher an Yara heran und legt sacht eine Hand auf ihre. Da sie sie nicht zurückzieht, setzt er sich neben sie. Der Ärger, den sie gerade verspürt hat, verändert sich. Er macht einem anderen Gefühl Platz, das ihr noch unheimlicher ist.

»Ich will nicht heulen!«, erklärt sie mit erstickter Stimme. »Ich blieb die Außenseiterin und ich gebe zu, es war Neid, der mich antrieb. Denn bei den Privilegien, die wir alle hatten, gab es bei den anderen ein Familienleben. Ich wurde abgeschoben. In meinen ersten Lebensjahren war ich mit den blonden Locken für meinen Vater ein Vorzeigepüppchen.

Doch mit der Zeit wurde ich unbequem und das fand er anstrengend. »Du wirst deiner Oma immer ähnlicher« , hieß es dann. Die Mutter meiner Ma war das schwarze Schaf in der Familie und wie man sagt, eckte sie mit jedem an, der ihr nicht passte. Ich hätte sie so gerne kennengelernt, leider starb sie, als ich zwei war.« Yara merkt, wie ihr Hals nass wird von Tränen, die sie nicht will, die sich aber nicht zurückhalten lassen. Mit aller Kraft versucht sie, an etwas anderes zu denken, irgendwas, damit sie ihre Fassung wiedergewinnt. Sie löst sich von Tom und steht auf, um nach Taschentüchern zu suchen. Oder auch nur, um sich abzulenken.

»Ja, du hast Recht«, sagt sie.

»Atme, Yara«, flüstert Tom. »Wie ist es dir dann weiter ergangen?«

»Womit?«

»Dass ich Angst habe, es zu verkacken. Wenn ich es nicht aushalte, wird Tamira es merken. Ich werde sie enttäuschen. Und ich weiß, wie sich das anfühlt.«

»Vielleicht ist es ja ein Weg, dich mit deiner eigenen Geschichte zu versöhnen?«

»Versöhnen?«, fragt Yara gedehnt. »Was meinst du denn damit?« Jetzt wird sie sauer. »Dass es in Ordnung ist mich abzustrafen, weil ich nicht das entzückende Püppchen geblieben bin? Oder dass ich Mobbing in der Schule nicht als persönliches Coaching begreife? Bin ich deshalb selber schuld?«

»Hier geht es doch nicht um Schuld, Yara.«

»Um was geht es dann?« Tom springt mit einem Satz aus dem Bett und stellt sich mit dem Rücken zur Tür, während Yara ihre letzten Tränen im Taschentuch versenkt. Sie hat sich wieder im Griff. Das Gefühl, was sie jetzt verspürt, ist ihr bekannt und sie ist im Angriffsmodus.

»Es gibt sicher einiges, was schräg gelaufen ist in deiner Vergangenheit«, versucht Tom einen Ansatz, »aber das ist nicht mehr zu ändern. Starte durch und mach dein eigenes Ding.«

»Ja, da bin ich gerade dabei«, entgegnet Yara gereizt. »Ich bin hier, weil ich mir nicht mehr vorschreiben lasse, was ich tue.«

»Ja, aber du machst es heimlich.« Tom bemüht sich, die richtigen Worte zu finden, ist aber inzwischen hörbar angenervt. »Finde heraus, was du willst, nicht wie die Schwachköpfe, die den Beruf ergreifen, den Papi ausgesucht hat. Und wenn für deine Ma Glück bedeutet, ein fettes Ansehen zu haben, was geht dich das an? Du willst was anderes, sonst wärst du jetzt auf Klassenfahrt. Denk nach, Yara, was willst du? Dein Leben ist das, was du vor der Nase hast und nur durch Protest ändert sich gar nichts!«

»Hast du deshalb Autos geknackt? Weil du geglaubt hast, damit irgendetwas verändern zu können?«

»Nein, ich wollte mich nicht von den anderen Jungs abgrenzen. Ich hatte Langeweile und fand es spannender, mit ein paar Hohlköpfen abzuhängen, als gar keine Freunde zu haben. Außerdem war mein Abi zu mau und ich bekam erstmal keinen Studienplatz. Musste Wartesemester in Kauf nehmen und statt die Zeit sinnvoll zu nutzen, habe ich mich von einem Richter zum Blödmann des Jahres abstempeln lassen. Und ja, ich möchte auch mal zu den Gutverdienern gehören und mir die Welt ansehen. Ich bemitleide mich aber nicht dafür, dass sie mir nicht zu Füßen liegt. Ich treffe Entscheidungen und bestimme über die Richtung, die ich einnehme, allein. Und das kannst du auch.«

»Meinst du, dass ich mich selbst bemitleide, wenn ich Tamira nicht wiedersehen will?« Tom atmet hörbar aus und geht einen Schritt auf Yara zu, bevor er antwortet. Sein Ton wird sanft. »Ehrlich, ich weiß es nicht. Was ich weiß, ist, du bist so voller Mitgefühl und ich fände es schade, wenn du deiner Angst die Oberhand lässt. Niemand kann dir sagen, warum Kinder wie Tamira krank werden. Und keiner ist gleich feige, weil er sich von dem Unglück anderer distanziert. Doch es ist sinnlos, nach einem Schuldigen für seine Entscheidung zu suchen. Die Verantwortung liegt allein bei dir, was du auch tust. Sag Ja, oder sag Nein, so ist das nun mal.«

»Nein, so einfach ist das eben nicht«, protestiert Yara. »Wenn ich Tamira besuche, dann darf ich nicht schwach sein. Ich muss ihr in die Augen sehen und sie wird in meinen erkennen, dass mir zum Heulen ist. Weil ich das alles nur ätzend finde, mit dieser Krankheit. Aber wenn ich nicht gehe, dann bin ich feige, weil ich mich drücke und lieber Spaß haben will, statt einem Kind beizustehen. Egal, wie ich mich entscheide, es fühlt sich falsch an. Ich stehe auf einer Insel und der Weg zu diesem Ja, ist mir unheimlich.«

»Das ist ein schönes Bild«, hört sie Tom, »Vielleicht solltest du auf einer anderen Insel noch einen Zwischenstopp einlegen.« Sie schaut ihn nur fragend an und er legt den Kopf schräg. »Insel der Erlaubnis, schwach zu sein.«

»Du hättest Pastor werden sollen«, entfährt es Yara, »die wollen auch ihre Schäfchen bekehren.« Tom lächelt nur. Der Ärger in ihr hat sich in Nachdenklichkeit verwandelt, aber sie fühlt sich ernst genommen und das ist eine neue Erfahrung.

»Es ist schon spät und ich für meinen Teil habe morgen Frühdienst«, erklärt Tom.

»Das heißt, du kommst nicht mit ins Hospiz?«, fragt Yara entgeistert. Tom nimmt ihre Hand und zieht sie damit zu sich heran.

»Nein, ich muss arbeiten. Außerdem ist es wichtig, dass du dich nicht von mir beeinflusst fühlst. Es ist besser, du gehst allein. Und du wirst dir sicher denken, dass sie darauf hofft, dass du den Kontakt zu ihr hältst. Ich werde morgen frühzeitig weg sein. Oliver ist hier und ihr könnt in Ruhe frühstücken. Mach dir keinen Druck. Wir können ja miteinander telefonieren, wenn du willst.«

Zum ersten Mal in ihrem Leben hat sie das Gefühl, eine weitreichende Entscheidung allein zu treffen. Aber sie kann nicht nur, sie muss es auch. Tom gibt ihr einen Kuss auf die Stirn und für einen Moment würde Yara lieber heute Nacht Toms Nähe spüren, statt auf der Schlafcouch zu übernachten. Sie kann mit ihm streiten, ohne dass er hinter sich die Tür zuschlägt. Und dann hat er wieder diesen zärtlichen Blick, an den sie sich schon langsam gewöhnt. In ihrem Kopf herrscht ein wilder Tumult, aber trotzdem versinkt sie sofort in einen tiefen Schlaf, als sie sich hinlegt.

Haus der Schmetterlinge

Am Morgen registriert sie, dass Tom die Wohnung schon verlassen hat. Es ist fast acht Uhr und sie hört Oliver mit Geschirr hantieren. Ein wenig verschlafen lugt sie durch die Küchentür.

»Guten Morgen Mylady, ich hoffe, Sie hatten eine angenehme Nacht in unserem Etablissement?«, fragt er und grinst.

»Danke, ich habe tief und fest geschlafen.«

»Na, Hauptsache. Lust auf Kaffee oder lieber Tee?«

»Lust auf Dusche, aber danach gerne Tee.« Nach dem Genuss von heißem Wasser auf ihrem Körper fühlt sie sich wach und aufgeräumt. Die bleierne Schwere des gestrigen Abends ist erst mal verflogen. In der Küche riecht es nach frischen Brötchen und Croissants, die Tom schon vor seinem Dienstbeginn besorgt hat.

»Er ist ein Schatz«, bemerkt sie mit Blick auf die köstlichen Backwaren »und du natürlich auch«, an Oliver gerichtet. Sie genießen das gemeinsame Frühstück, plaudern fast eine Stunde, bis in Yara die Frage auftaucht:

»Was tust du denn so den ganzen Tag?« Oliver setzt seine Tasse ab und schaut sie verwundert an.

»Arbeiten«, sagt er gedehnt »Hast du gedacht, ich bin jetzt Frührentner?« Nein, sie hatte gar nicht nachgedacht, stellt sie peinlich berührt fest.

»Äh, tut mir leid, über deinen Job haben wir uns gar nicht unterhalten.«

»Ich bin Mechatroniker«, erklärt er. »Unsere Firma arbeitet an der Entwicklung von Elektroniksystemen. Einen Monat vor meinem Unfall war ich mit der Ausbildung fertig und sollte den Vertrieb für ganz Deutschland übernehmen. Da wäre ich viel rumgekommen. Damit ist jetzt Schluss. Ich arbeite im Innendienst. Am Telefon sieht ja keiner, dass ich im Rollstuhl sitze. Von wegen eingeschränkt, nicht beschränkt, du weißt schon. Tom hat mich gebeten, heute später anzufangen, da er so kurzfristig nicht aus dem Frühdienst wechseln kann. Er wollte dich hier nicht alleine sitzen lassen, denn es liegt ihm was an dir, aber ich denke, das hast du sicher bemerkt, oder?«

Yara rührt verlegen mit einem Löffel in ihrer Teetasse. »Ja, mir liegt auch was an ihm. Es ist nur so viel passiert in den letzten zwei Tagen, dass ich meine Gedanken und Gefühle gar nicht sortiert bekomme.«

Nachdem sie die Küche wieder aufgeräumt haben, packt Yara ihre Sachen zusammen. Sie nimmt alles mit, was sie dabeihat, für den Fall, dass sie sich anders entscheidet und Tamira nicht besucht. Dann will sie sich eine neue Bleibe suchen und hier einen

Schlussstrich ziehen. Immer noch redet sie sich ein, dass keine Lücke entsteht, wenn Tamira sie nicht wiedersieht. Bis auf die innere Stimme, die ihr rät, sich nicht zu drücken.

Sie verabschiedet sich herzlich von Oliver und beide versprechen sich, in Verbindung zu bleiben. Das erste Mal in ihrem Leben, dass sie darauf vertraut, Freunde zu behalten.

Auf Anhieb findet sie jetzt die richtige U-Bahn Station. Da das Hospiz der Klinik direkt angeschlossen ist, kennt sie ja den Weg schon. Kurz überlegt sie, bei Tom vorbeizuschauen, verwirft den Gedanken aber wieder. Er hat ihr seine Meinung gestern deutlich mitgeteilt.

Das dreistöckige Haus, vor dem sie jetzt steht, fällt mit seiner hell verputzten Fassade auf. Die Fensterrahmen sind in verschiedenen Farben gestrichen. Gelb, grün und blaue Töne. Sie geben dem Gebäude einen einladenden Charakter.

Nichts lässt an dieser Stelle darauf schließen, was sich hinter diesen Wänden abspielt. Aber vor welchem Haus ist das schon zu erahnen? An einem der oberen Fenster steht eine junge Frau mit einem Kleinkind auf dem Arm. Sie lächelt Yara zu, als könnte sie ihre Gedanken lesen und ihr Mut zusprechen. Yara nimmt es als ein Zeichen und öffnet die Eingangstür. Der erste Schritt wäre geschafft, denkt sie und befindet sich nun in einer Art Vorraum. Rechts, an einer weiß gestrichenen Wand, hängen jede Menge Täfelchen aus dunklem Holz, auf denen Namen eingraviert sind. Yara vermutet, dass es sich um Sponsoren handelt, die das Hospiz finanziell unterstützt haben. Kurz überlegt sie, das mal ihrem Vater vorzuschlagen. Seine Spenden dem Kinderhospiz zu überlassen statt der Förderung des Golfclubs. Das wäre doch mal was. Sie steht vor einer zweiten Tür, über der ein großes, mit künstlichem Licht durchflutetes Glasbild befestigt ist. Kleine bunte Schmetterlinge leuchten in Regenbogenfarben zwischen einem rosafarbenen Horizont und einer satten grünen Wiese. Darüber ist mit halbrunden Buchstaben ein Schriftzug angebracht, auf dem der Namen des Hospizes steht. „Haus der Schmetterlinge". So nennt sich also dieser Ort, vor dem sie am liebsten fliehen möchte.

Bevor sie sich weiter umsehen kann, öffnet sich die Tür und vor ihr steht eine junge Frau, die mit ihren rot gefärbten Haaren die nicht weniger auffällt als sie selbst, mit ihren kurzen Stacheln auf dem Kopf. Sie schätzt sie auf Mitte zwanzig.

»Hi, du bist Yara, stimmt's?« Verdattert fragt sich Yara, woher die ihren Namen kennt.

»Ich bin Saskia«, stellt die andere sich vor,»und bin eine Bekannte von Tom. Er hat früh am Morgen schon angerufen und mir erzählt, dass du Tamira besuchen kommst. Und er bat mich, dir das Haus zu zeigen um …«

»Um mir den Stress zu nehmen«, vervollständigt Yara den Satz, denn so gut kennt sie Tom schon, dass er alles tun wird, um sie zu unterstützen.

»Ja, das hast du richtig durchschaut.« Saskia grinst. »Was genau macht dir solche Angst?«

Die direkte Art dieser Bekannten von Tom ist Yara nicht geheuer. Sie hat nicht vor, gleich ihre innersten Gedanken mit ihr zu teilen. Unhöflich sein will sie aber auch nicht und versucht, es zu erklären. »Ich weiß nicht, wie man mit einem achtjährigen Mädchen umgeht, das vielleicht bald sterben wird. Das kann man doch nicht einfach ignorieren?«

»Nein, das kann man nicht ignorieren«, sagt Saskia. »Aber man muss es auch nicht vor das Leben stellen, das sie noch hat. Tamira wird eine Weile bei uns sein, und sie darf diese Tage in einer lebendigen Atmosphäre verbringen. Wenn es dir recht ist, würde ich dir gerne erst mal das Haus zeigen und einen Kaffee mit dir trinken.«

Fast hörbar atmet Yara aus. Diese Saskia macht keinen Druck und sie hat mit ihr jetzt jemanden an der Seite, vor dem sie sich mit ihrem beklemmenden Gefühl nicht verstecken muss.

Saskia zeigt ihr, wo sie für die nächsten Stunden ihren Rucksack deponieren kann. Helle, freundliche Flure, mit bunten Bildern an den Wänden, lassen auch hier nichts Trauriges erahnen. Erst bei näherem Hinsehen sind nicht nur fröhliche Motive zu erkennen. Vermutlich wurden sie von Kindern gemalt, die hier leben, oder gelebt haben. Saskia zieht sie weiter. »Komm, ich möchte dir unsere Küche zeigen«, sagt sie und deutet auf einen Raum vor ihnen.

»Wow«, entfährt es Yara, als sich die Tür automatisch öffnet. Ihr Blick fällt auf eine Kücheneinrichtung, die ein echter Eyecatcher ist. Das ganze Inventar dieses Raumes ist in kunterbunten Farben gestaltet und irgendwie scheint hier nichts zueinander zu passen. »Ist das ein gewolltes Chaos?«, fragt sie.

»Ja, das ist es«, antwortet Saskia nicht ohne Stolz.

»Unsere Küche ist für alle offen. Für Große und Kleine, Gesunde und Kranke, Besucher und Gäste. Diese Vielfältigkeit soll sich in der Einrichtung widerspiegeln.«

»Der Raum macht Spaß«, stellt Yara fest. Kein Stuhl gleicht dem anderen. Und das Ganze zusammen ergibt doch eine Harmonie. Nichts deutet auf Krankenhausatmosphäre hin. In der Mitte steht ein großer langer Tisch, an dem mindestens achtzehn Leute Platz haben. Yara sieht zwei Frauen daran sitzen, die sich unterhalten. Beide haben eine Tasse vor sich stehen und scheinen vertieft in ein Gespräch. Gebäck wird in bunten Schalen angeboten. Zugänglich, für jeden, der Appetit darauf hat. Die Frauen nehmen Saskia und Yara kurz zur Kenntnis und grüßen freundlich.

»Die Küche ist der Treffpunkt für alle. Die Zentrale, wie früher in der Großfamilie«, erklärt Saskia leise und zieht Yara mit einem Wink wieder zurück in den Flur, um die beiden Frauen bei ihrem Gespräch nicht zu stören.

»Sind das Mütter, von Kindern, die hier leben?«, möchte Yara wissen.

»Die eine ist die Mama eines vierjährigen Mädchens, das vor ein paar Tagen hier ins Hospiz eingezogen ist. Die andere ist Ute, eine Psychologin.«

»Führt man solche Gespräche, mit einem Arzt nicht unter vier Augen?«

»Wenn man das möchte, auf jeden Fall. Ute ist aber jederzeit ansprechbar. Von daher benötigt man keinen Termin, wenn man ihre Hilfe in Anspruch nehmen will. Sie ist nicht nur Psychologin, sondern jemand, der zuhört und Rat gibt oder tröstet. Zeit ist in unserer Gesellschaft so wichtig. Alles soll möglichst schnell und effizient ablaufen. Hier ticken die Uhren langsamer. Es muss sich niemand beeilen.« Vor allem nicht beim Sterben, denkt Yara und es fällt ihr mit einem Schaudern wieder ein, weshalb sie hier ist.

»Treffen sich auch die jungen Patienten hier?«,

fragt sie, mit einem Blick zur Küchentür.

»Die jungen Gäste, meinst du«, klärt sie Saskia auf.

»Patient ist man im Krankenhaus. Wer hierher kommt, wird anders versorgt.«

»Wie denn versorgt?«

»Im Fachjargon heißt es Therapieziel-Änderung. Alles, was möglich ist, Schmerzen zu lindern und Lebensfreude zu erhalten. Den Tagen mehr Leben geben, nicht dem Leben mehr Tage. Komm, ich zeige dir die Aufenthaltsräume für die jüngeren Bewohner.«

Während sie weiter den Flur entlang schlendern, wünscht sich Yara, sie wären in einem Kindergarten und bald kämen die Eltern vorbei, um ihre Schützlinge nach einem erfreulichen Tag wieder in Obhut zu nehmen. Aber so ist es nicht.

»Das hier ist der letzte Aufenthaltsort für die Kids, die hier leben, oder?«, fragt sie.

»Es gibt Ausnahmen. Eltern, die mal für einige Tage eine Auszeit brauchen, erhalten hier Entlastung bei der Versorgung ihres Kindes und haben die Möglichkeit, sich mit anderen Eltern auszutauschen. Oder sie ruhen sich einfach nur aus.«

Vor einer Tür mit einem eingebauten Fenster bleibt Saskia stehen. Das Glas dieser Tür besteht aus verschiedenen aneinandergelegten farbigen Glasstücken, die durch das einfallende Licht eines Dachfensters beleuchtet werden. So entsteht das Muster eines Kaleidoskops.

»Hier sind wir«, sagt Saskia und hebt den Arm zu dem Sensor, mit dem sich die Tür öffnen lässt.

»Wie hält man sowas aus?«, entfährt es Yara. »Ich könnte das nicht. Jeden Tag in diese jungen Gesichter sehen und nicht wissen, ob dieser Tag der letzte ist. Das macht einen doch fertig.« Saskia lässt ihre Hand wieder sinken und zieht Yara behutsam zu einer Besucherbank direkt hinter ihnen. Sie setzen sich erstmal und Saskia erklärt etwas über das Wesen ihrer Arbeit.

»Die Familien haben es schwer, das stimmt, aber wenn du öfter hier bist, wirst du feststellen, wie viel Fröhlichkeit und positive Stimmung die Tage mit sich bringen. Gib der Sache eine Chance«, versucht sie Yara zu ermutigen. »Gib dir eine Chance.«

Yara nickt nur und blickt auf die Tür mit dem einladenden Glasornament.

»Das hat ein Künstler zur Einweihung dieses Hauses erstellt«, erklärt Saskia. »Alles fließt ineinander, alles wird zu Licht.«

Yara steht entschlossen auf, geht auf die Tür zu und betätigt den Türöffner. Vor ihren Augen erscheint ein bezauberndes Spielzimmer, das keine Wünsche offenlässt. Sie zieht die Luft durch die Nase ein und sieht sich in Ruhe um. Es sind keine Kinder im Raum.

»Mittagszeit«, sagt Saskia nur. Prompt spürt Yara das Knurren ihres Magens. Bei all ihrer Nervosität war an Essen gar nicht zu denken. Saskia scheint ihre Gedanken zu lesen oder ein gutes Ohr zu haben, denn sie lächelt.

»Weißt du was, ich sehe jetzt mal nach Tamira und du trinkst in Ruhe eine Tasse Tee!«, erklärt sie.

»Das ist eine wirkliche gute Idee«, bekennt Yara. Am liebsten würde sie direkt zum Ausgang marschieren und das Weite suchen. Doch sie geht zurück zur Küche. Jetzt ist der Raum deutlich gefüllter mit Menschen. An der einen Seite des Tisches sitzen zwei Kinder mit jeweils einem Erwachsenen.

Es scheint viel Gesprächsstoff zu geben, denn es herrscht ein einziges Stimmengewirr. Kurz fliegt Yara das Gefühl an, hier nichts zu suchen zu haben. Sie ist gesund und es geht ihr gut, wie soll sie den kranken Kindern hier begegnen?

»Hi« hört sie jemanden sagen. Sie will nicht unhöflich sein und macht einen Schritt nach vorne, um zu sehen, wer sie da angesprochen hat. Zwei Jugendliche haben sich nach ihr umgedreht, die sie erst jetzt wahrnimmt. Es sind Jungs und beide sitzen im Rollstuhl. Das heißt, einer der beiden hängt fast mehr darin. Er scheint so wenig Körperspannung zu haben, dass er sich nicht gerade halten kann. Und er ist es, der Yara anspricht.

»Wer bist du denn?«, hört sie ihn kaum verständlich fragen. Yara bekommt keinen Ton heraus. Das Gemurmel im Raum verstummen. Alle schauen auf sie, warten auf eine Antwort von ihr. Ihr schießt der Gedanke durch den Kopf: Wie der wohl gesund aussehen würde? Seine Gliedmaßen scheinen alle verdreht zu sein. Sie spürt ihren Herzschlag unangenehm gegen ihre Brust hämmern. Der andere Junge dreht seinen Stuhl, um sie noch besser ansehen zu können. In seiner Nase sind zwei dünne Schläuche eingeführt, die zu einem Sauerstoffgerät führen, das an seinem Rollstuhl befestigt ist. Endlich erwacht sie aus ihrem komatösen Zustand und antwortet verlegen:

»Ich heiße Yara und besuche hier jemanden«. Der junge Typ, gegenüber, dürfte in ihrem Alter sein.

»Ja, dann komm doch herein«, tönt eine freundliche Stimme aus dem Küchenbereich. Eine Frau, Mitte 50, streckt Yara die Hand entgegen. »Ich bin die Anna«, erklärt sie, »und arbeite hier ehrenamtlich.«

Sie hat große, blaue Augen und ihre einladende Art hilft Yara, sich aus ihrer Befangenheit zu lösen.

»Komm und setz dich, ich hole dir erst mal eine gute Tasse Kaffee«, erklärt sie fröhlich.

»Geht auch Tee?«

»Aber gerne doch«

Während sich Yara einen Stuhl sucht, bemüht sich der Junge, weiter mit ihr ins Gespräch zu kommen.

»Ich heiße Ben und der Spasti hier neben mir ist Lukas.« Yara hält den Atem an. Sie muss so dämlich aussehen in diesem Moment, dass beide Rollstuhl Driver losprusten. Lukas versucht konzentriert, seine Finger von der Rollstuhllehne zu lösen und sie in ihre Richtung zu bewegen. Eine kraftlose, für seinen Körper viel zu kleine Hand. Yara reagiert, Gott sei Dank, jetzt nicht mehr im Zeitlupentempo und streckt ihm ihre Hand über den Tisch entgegen. Cool bleiben, mahnt sie ihr Hirn. Er ist ein Junge, ein kranker Junge, sonst ist er okay. Sie ist angespannt und verkrampft. Und sie schämt sich dafür.

»Yara ist aber ein komischer Name«, nimmt Ben den Faden wieder auf.

»Ja, das stimmt. Ich wurde in Griechenland geboren, da fanden es meine Eltern eine gute Idee, mir einen griechischen Stempel aufzudrücken. Und ich konnte mich ja nicht dagegen wehren.« Eine weitere Stimme meldet sich aus dem Hintergrund.

»Hallo Yara«, spricht sie ein junger Mann an. »Ich bin Matthias, aber alle nennen mich hier Mats. Bin einer der Sozialarbeiter hier im Haus. Außerdem studiere ich Theologie im vierten Semester.«

Ein Theologe, denkt Yara. Sieht gar nicht aus wie einer der studierten Gutmenschen, die ihr in der Schule was über Religion beibringen wollten.

»Wen besuchst du denn hier?«, will er wissen.

»Tamira Sander. Saskia sieht gerade nach ihr.« Sie hat kurz den Eindruck, dass die Stimmung im Raum bedrückend wird.

»Wer ist denn Tamira?«, meldet sich Ben.

»Sie ist erst gestern zu uns gekommen«, klärt Mats ihn auf. »Ihr werdet sie sicher noch kennenlernen.«

»Lukas sabbert wieder«, gibt Ben plötzlich bekannt. Und obwohl so eine Aussage ganz schön verletzend sein kann, grinst er ihn dabei frech an.

»Alter Sack, sei still«, kontert Lukas und es wird Yara allmählich klar, dass diese Anmache bei den beiden, freundschaftlich gemeint ist. Vielleicht sind die zwei hier im Hospiz Freunde geworden?, fragt sich Yara. Während Ben sie weiter beobachtet und zusieht, wie sie ihren Tee genießt und sich an den leckeren Keksen bedient, wendet sich Lukas ab. Er scheint an einer Fortführung der Unterhaltung kein Interesse mehr zu haben.

Die Tür öffnet sich und alle schauen auf Saskia, die einen Liegerollstuhl vor sich her schiebt. Tamira liegt da, warm eingepackt in eine Decke gehüllt. »Siehst du, hier ist sie, wie ich versprochen habe«, trällert Saskia gut gelaunt und zeigt auf Yara.

»Aber das ist doch Nina«, protestiert Tamira. Jetzt fällt Yara wieder ein, dass Lügen kurze Beine haben. Sie läuft rot an, wie eine überreife Fleischtomate und windet sich um eine plausible Erklärung.

»Ich habe geschwindelt«, gibt sie zu. »Mein Name ist gar nicht Nina, ich heiße Yara.«

Und schon wieder bringt sie Tamira so unverhofft zum Lachen. Yara freut sich mega, sie so strahlen zu sehen.

»Du bist genau das Gegenteil von mir«, stellt sie fest.

»Ich wäre jetzt total sauer auf dich, wenn du mich belogen hättest. Und du findest es lustig?«

»Ja«, gluckst Tamira, »ich finde dich total lustig. Du bist so anders als die meisten Leute.«

»So habe ich das nie gesehen«, bemerkt Yara. Ein Hustenanfall schwächt Tamiras Stimme und Saskia hält ihr den Rücken, so dass sie mehr Luft bekommt. Tamira dankt es ihr mit einem Lächeln. Erinnerungen an Max tauchen in Yara auf. Hätte sie ihm damals helfen können? Einfach nur, indem sie seine Hand gestreichelt und bei ihm geblieben wäre, in seinem Kummer? Sie hatte es nicht geschafft. Aber damals hätte sie selber Hilfe gebraucht.

Als Tamira sich wieder erholt hat, erklärt sie: »Ich freue mich so, dass du hier bist. Jetzt kommen sicher keine Freunde mehr zu mir.«

Es zerreißt Yara das Herz, Tamira so zu sehen und sie fühlt sich noch erbärmlicher. Sie im Stich zu lassen ist so feige, doch diese Angst, etwas falsch zu machen, ist schwer auszuhalten. Es ist so einfach, dem aus dem Weg zu gehen, indem man sich einredet, nicht wichtig zu sein. Aber in diesem Moment fühlt es sich gut an, für Tamira da zu sein. Und das, obwohl Yara anders tickt als die meisten in ihrem Alter. Sogar gelogen hat. Da dem kleinen Mädchen ihre freche Art gefällt, beschließt sie, zu bleiben. »Dafür hast du jetzt eine ältere Schwester, die dich auf Trab hält«, stellt sie fest.

»Da sind wir dabei, oder?«, erklärt Ben und wirft einen Blick zu seinen Kumpel Lukas rüber. Der grinst nur und nickt. Tamira scheint zufrieden in ihrer Umgebung. Sie schaut sich alles in Ruhe an, ist aber schnell erschöpft von den neuen Eindrücken. Saskia will sie zurück auf ihr Zimmer bringen, doch Tamira greift nach Yaras Hand.

»Kommst du mit?«, bettelt sie und schaut sie flehentlich an.

»Ich weiß nicht«, erklärt Yara erschrocken. Ist es das Zimmer, indem Tamira womöglich sterben wird?, geht es ihr durch den Kopf. »Wo ist denn ihre Mutter?«, fragt sie an Saskia gewandt.

»Die muss einige Dinge erledigen und ist bis zum Abend unterwegs«, erklärt sie. »Aber du kannst uns gerne begleiten.« Habe ich eine Wahl?, überlegt Yara. Sie hätte gerne eine Ausrede, nicht mit in dieses Zimmer gehen zu müssen. Wieder kommen ihr Bilder von Max in den Sinn. Sie hatten ihn ihr damals ungefragt mit aufs Krankenzimmer gelegt und sie fürchtet, wieder zu versagen. Ich will das nicht nochmal erleben, schreit es in ihrem Kopf. Wie gerne würde sie jetzt an Street-Art-Wänden in der Berliner Innenstadt abhängen und Straßenmusikern zuhören. Nicht zuständig für irgendwas. Doch dann erinnert sie sich an Toms Worte. »Sag Ja oder sag Nein. Deine Entscheidung.« Sie streckt ihren Rücken und macht sich gemeinsam mit Tamira und Saskia auf den Weg. Die Kleine liegt in ihrem Rollstuhl und greift nach Yaras Hand. Das wird ihr jetzt zu eng. Sie kann dieses Festgehaltensein nicht aushalten und ist erleichtert, dass Saskia die Situation erkennt. Sanft zieht sie Tamiras Hand von Yara weg, um sie unter die Decke zu legen.

»Besser, wir halten dich warm«, sagt sie liebevoll zu Tamira.

Eine Krankenschwester hilft dabei, die Kleine in das Bett umzulagern, und es dauert nur einen

Moment, bis Tamira einschläft. Der Raum ist noch ziemlich langweilig eingerichtet. Alles pflegegerecht und steril. Das wird sich in den nächsten Tagen sicher ändern, wenn Tamiras Mutter Spielzeug und persönliche Dinge von ihrer Tochter mitbringt. Yara holt sich einen Stuhl und setzt sich an das Bett der Kleinen. Sie wünschte, es gäbe eine Anleitung für den Umgang mit Situationen wie diesen. Warum macht ihr Nähe solche Angst? Sie fühlt sich zu Tamira hingezogen, weil sie etwas ausstrahlt, das ihr fehlt. Herzlichkeit. Dieses Kind sieht die Welt an, als sei alles möglich. Sie zeigt ihre Freude und Verletzlichkeit. War sie auch mal so? So ehrlich? Kurz öffnet Tamira die Augen. Vielleicht will sie sichergehen, dass noch jemand bei ihr ist? Yara lächelt sie an. »Na, kleine Schwester«, sagt sie leise und streichelt dem Mädchen liebevoll über den Arm. Sie schläft sofort wieder ein. Yara hat keine Ahnung, was in der nächsten Zeit auf sie zukommt, aber sie möchte für Tamira da sein.

Die Krankenschwester lugt nach einer Weile durch die Tür und gibt ihr ein Zeichen, dass Saskia in der Küche auf sie wartet. Leise steht Yara auf, während die Frau sich kurz über Tamira beugt, um zu sehen, ob es ihr gut geht. Dann nimmt sie auf dem Stuhl Platz und beginnt, in einem Buch zu lesen. Das ist wirklich kein Krankenhaus, denkt Yara. Tamira wird nicht allein gelassen.

Saskia hebt erfreut den Kopf, als sie die Küche betritt. Es ist sonst keiner da und so können sich die beiden ungestört unterhalten. »Na, wie ist dein erster Eindruck?«, möchte Saskia wissen. Yara atmet erstmal durch, bevor sie antwortet.

»Das Haus ist sehr schön. Alle sind freundlich

und doch ist es bedrückend, hier zu sein.« Sie erzählt von der Begegnung mit den beiden Jungs und möchte mehr über sie erfahren.

»Lukas leidet an Muskeldystrophie, einer Krankheit, bei der sich durch Schädigung des Erbgutes die Muskulatur zurückbildet.«

Lukas

Geboren 14. Februar 2006 in Potsdam.

»Gratuliere, sie haben einen gesunden Sohn«, strahlte Anna Korber, die leitende Hebamme, als sie den Eltern die ersehnte Nachricht mitteilte. »Alles dran, wo es hingehört.« Sebastian Reuter war erleichtert, denn seine Frau Lisa hatte schon bei der Ankunft ihrer gemeinsamen Tochter achtundvierzig Stunden in den Wehen gelegen. Kathrin kam durch eine natürliche Geburt zur Welt. Diesmal hatten die Ärzte zu einem Kaiserschnitt geraten. Lisa war nicht glücklich über diese Entscheidung, denn sie hätte lieber die Schmerzen der Wehen ertragen statt der Prozedur eines Bauchschnitts. Aber nun schien ja alles in Ordnung zu sein und Lisa durfte mit ihrem kleinen Sohn Lukas genau eine Woche nach der Entbindung die Klinik verlassen.

Das Kind entwickelte sich langsamer, im Vergleich zu seiner älteren Schwester, aber mit dem Hinweis: »Jungs brauchen schon mal mehr Zeit«, beruhigte sie der Kinderarzt. Es gab keinen Anlass zur Sorge und doch spürte `Lukas` Mutter, dass etwas nicht stimmte mit ihrem Sohn. Sie wusste nur nicht, was es war. Mit elf Monaten krabbelte ihr Junge immer noch nicht. Und in der Folgezeit entwickelte er keine altersgerechten, typischen Bewegungsmuster. Er hielt sich nur für kurze Momente im Sitzen und kippte dann auf die Seite. Lisa forderte bei ihrem Kinderarzt Physiotherapie für ihn und die Therapeutin bemerkte schnell, dass der kleine Junge in seiner ganzen Entwicklung weit zurücklag. Nachdem er mit zwanzig Monaten noch immer nicht eigenständig laufen konnte, wurde er zum ersten Mal in der Berliner Charité durchgecheckt. Das Ergebnis war niederschmetternd.

»Ihr Sohn leidet an Muskeldystrophie Duchenne«, erklärten die Ärzte den Eltern. Mit dieser Diagnose veränderte sich das Leben der Familie bis in die kleinsten Tagesabläufe.

Aufgrund eines Schadens in der Erbanlage fehlte bei Lukas das für den Muskelstoffwechsel erforderliche Protein Dystrophien, was zum Absterben der Muskelzellen führte.

Man erklärte Sebastian und Lisa, was in den kommenden Jahren auf sie zukommen würde. Kontinuierlicher Muskelverlust und Lähmungen des ganzen Körpers. Da die verloren gehenden Zellen den Herzmuskel schwächten, würde es zu einem Herzstillstand kommen, sobald dieser seine Pumpleistung nicht mehr schaffte. Medikamente und Therapien könnten den Verlauf der Krankheit verlangsamen, Heilung gab es nicht.

Das Konzert

Yara ist aufgewühlt nach dem Gespräch mit Saskia und sie ist stolz auf sich. Sie hat nicht gekniffen. Sie hat ihre Angst zu versagen nicht überwunden, aber weggelaufen ist sie nicht. Jetzt möchte sie Tom davon erzählen und ruft ihn an. Seine Stimme ist weich und er freut sich für sie. Und er freut sich, dass sie seine Einladung annimmt, in der WG zu bleiben, bis sie die Rückfahrt nach Kiel antritt. So bleibt sie in seiner Nähe. Er schlägt vor, sie abzuholen und mit ihr den Rest des Tages zu verbringen.

»Du weißt, dass ich eine Karte für das Open-Air-Konzert heute Abend habe?«, erinnert sie Tom und ist in diesem Moment hin und her gerissen. Sie hatte sich so auf den Liveauftritt ihres Lieblingsrapper Apache gefreut und möchte doch lieber Zeit mit Tom verbringen. »Ich lasse das Konzert sausen und wir unternehmen was anderes zusammen«, erklärt sie entschieden.

Tom kauft unterwegs Donuts bei seinem Lieblingsbäcker und holt Yara dann ab. Gemeinsam fahren sie mit der U-Bahn in den Stadtteil Kreuzberg, zum Viktoriapark. Auf der höchsten innerstädtischen Erhebung gibt es einen Wasserfall, den er ihr zeigt. Sie suchen sich auf einer Rasenfläche einen sonnigen Platz und Tom zieht eine Decke aus seinem Rucksack. Sie genießen die fast sommerlichen Temperaturen, denn das Wetter hat sich endlich für Sonne entschieden. Tom lehnt sich mit dem Rücken an einen Baum und lädt Yara ein, ihren Kopf auf seine Beine zu legen. Das macht sie gerne und blinzelt in die Sonne.

»Warum willst du eigentlich Arzt werden?«, möchte sie wissen. »Ist es wegen Oliver?«

»Nein, den Plan hatte ich tatsächlich schon viel früher. Im Gegenteil. Nach Olivers Unfall habe ich mit dem Gedanken gespielt, das Studium aufzugeben. Ich fand es plötzlich sinnlos, Mediziner zu werden, wenn man seinen eigenen Bruder nicht vor dem Rollstuhl bewahren kann. Da bekam ich richtige Versagensängste, ob ich jemals der Verantwortung eines Arztes gerecht werden würde. Ich kann verstehen, warum es dir so schwerfällt, Tamiras Situation zu akzeptieren. Diese Hilflosigkeit macht einen fertig.«

»Warum hast du mir das nicht gleich gesagt?«

»Weil du für dich entscheiden musst, wie du damit umgehst.« Yara setzt sich auf und schaut Tom an.

»Danke, dass du das gemacht hast.«

»Was meinst du?«

»Du hast mir Mut gemacht, aber mich nicht gedrängt, etwas zu tun oder zu lassen. Ich war mir sicher, Tamira würde merken, wie feige ich in Wirklichkeit bin. Dabei holt sie sich einfach, was sie braucht. Sie ist so unkompliziert. Ich habe im Auto neben ihr gesessen und mich geweigert, sie anzusehen. Ich wollte nichts mit ihr zu tun haben. Aber sie mag mich trotzdem. Verstehst du das?«

»Das Mädchen ist klug. Sie hat sofort erkannt, was sich da hinter deinem Pokerface verbirgt? Eine feinfühlige, liebenswerte ...«

»Stopp.« Das ist Yara zu viel Lobgesang. Tom lächelt sie dennoch liebevoll an.

»Willst du vor dem Konzert noch etwas essen?«, fragt Tom, um Yara auf andere Gedanken zu bringen.

»Ich hab doch gesagt, ich möchte die Zeit lieber mit dir verbringen«, erklärt sie fest und bemerkt, wie ihr das Blut ins Gesicht schießt. So offen hat sie das noch nie jemanden gesagt.

»Das eine schließt das andere nicht aus«, erklärt Tom und zieht grinsend seine Eintrittskarte aus dem Rucksack.

»Das gibt´s ja nicht«, jubelt Yara. »Die Veranstaltung ist doch ausverkauft. Woher hast du die?«

»Es gibt immer Leute, die ihre Karten wieder zurückgeben, weil ihnen was dazwischengekommen ist. Dafür hat die Eventagentur im Internet ein Portal eingerichtet.« Yara ist selig, dass Tom mit ihr auf das Konzert geht.

*

Nie im Leben hatte sie erwartet, dass dieser Abend so schön werden würde. Bis weit nach Mitternacht spielten die Bands ihre Musik und die Stimmung war phänomenal. Tom hielt Yara immer wieder an der Hand, wenn zu viel Gedränge aufkam. Und er tanzte mit ihr und johlte mit ihr und teilte ihre Begeisterung, bis sie sich schließlich spät in der Nacht auf den Heimweg machen. Sie fühlt sich wie in einem Rausch und das ohne Drogen. Noch nie hat sie sich so frei und beschützt gefühlt. Am liebsten würde sie die Zeit anhalten.

Jetzt steht sie vor Toms Schlafzimmertür und lächelt ihn verlegen an. Sie möchte seine Nähe weiter spüren. So wie an diesem ganzen wunderbaren Abend. Todmüde und glücklich schläft sie in seinem Arm ein.

*

Am zweiten Tag fällt es Yara auch nicht leichter, das Hospiz zu betreten. Sie muss sich immer wieder zwingen, nicht ins Grübeln zu verfallen. Dieses brutale Wissen, dass Tamira diese Welt schon so bald verlassen muss, ist kaum zu ertragen. Je mehr ich von ihr weiß, um so schlimmer wird der Abschied sein, geht es ihr durch den Kopf. Es ist nicht meine Aufgabe, diesem Kind fröhliche Tage vorzugaukeln, das soll gefälligst dieser Mats machen. Der hat den Bezug zum lieben Gott. Und doch ist da ein neues Gefühl, dass in ihr Raum einnimmt. Wie eine kleine Pflanze, die sie vorher nie bemerkt hat. Es ist Freude. Sie freut sich darauf, Tamira zu sehen. Die Vorstellung, dass sie eine jüngere Schwester hat, fühlt sich unfassbar schön an.

Tamira ist nicht in ihrem Zimmer. Es ist später Vormittag und Yara möchte sich nützlich machen. Etwas verloren erkundet sie die Flure des Hauses allein und nimmt den Weg zur Küche, um nach bekannten Gesichtern zu suchen. Ein paar Kontakte hat sie ja schon geknüpft und sie ist erleichtert, dass die Angst sie nicht mehr so im Griff hat. Erstaunt hört sie ein, »Hallo Yara« hinter sich. Es ist die Stimme von Tamiras Mutter. Sie dreht sich um und sieht, wie entsetzlich blass diese Frau ist. Doch die scheint sich zu freuen, sie zu sehen.

»Hast du Lust, einen Tee mit mir zu trinken?«, fragt sie.

»Klar«, antwortet Yara, »die haben hier einen coolen Himbeertee.«

»Nicht hier«, bittet Frau Sander. »Gleich um die Ecke gibt es ein nettes Café. Können wir dort hingehen und miteinander reden? Du bist natürlich eingeladen«, setzt sie nach. Yara hat nichts dagegen und sie machen sich auf den Weg.

Unterwegs sagt keiner von beiden ein Wort, denn es ist klar, über wen sie gleich sprechen werden. Yara merkt schon jetzt, wie sich ihre Kehle zusammenzieht.

Sie suchen sich einen Platz in dem hinteren Teil des Cafés. Nachdem sie bei einer jungen Frau Tee und Kaffee bestellt haben, atmet Tamiras Mutter tief durch, als wenn sie Mut braucht für das, was sie zu sagen hat.

»Ich möchte dir gerne etwas über Tamira erzählen«, erklärt sie. »Meine Tochter war in den letzten Monaten verschlossen und in sich gekehrt. Seit sie dich kennen gelernt hat, ist sie verändert. Sie hat, obwohl es ihr nicht gut geht, eine gewisse Fröhlichkeit wieder erlangt. Was immer es ist, ich bitte dich hier und jetzt, nicht einfach aus ihrem Leben zu verschwinden.« Beim Sprechen starrt sie die ganze Zeit in ihre Kaffeetasse. »Wenn du also morgen schon wieder nach Hause fährst ...«

»Das habe ich nicht vor«, stellt Yara klar und verwirft damit jeden Gedanken daran, sich aus dem Staub zu machen.

»Ich darf länger hierbleiben, weil Ferien sind«, erklärt sie stattdessen. Beide sehen sich mit Tränen in den Augen an.

Die Erleichterung ist Tamiras Mutter anzusehen und ihre Miene hellt sich merklich auf.

»Ja dann«, erklärt sie glücklich und drückt über den Tisch hinweg kurz Yaras Hand. »Ich heiße Laura.«

Tamira

Tamira kam am 17. Mai 2011 auf die Welt. Sie wurde in Berlin Mitte geboren und war ein Einzelkind. Da beide Elternteile studiert hatten und keiner freiwillig auf seine Karriere verzichten wollte, war ein Kind nicht geplant. Tamiras Vater war Banker und Anlageberater, ihre Mutter Übersetzerin und Dolmetscherin. Die Ehe wurde geschieden, als ihre Tochter drei Jahre alt war. Da Laura auch im Ausland dolmetschte, brachte sie Tamira oft zu ihrer Mutter. Das war für die Kleine nicht schlimm, da sich die Oma viel Zeit für sie nahm. Wie die meisten Kinder ging sie in den Kindergarten und wurde mit sechs Jahren eingeschult. Ihre Entwicklung entsprach ihrem Alter. Dass Tamira unter der Trennung der Eltern litt und ihren Vater, der inzwischen eine neue Familie gegründet hatte, vermisste, wollte Laura nicht wahrhaben. Es war ja nicht zu ändern.

Erst als die Lehrer sie auf die schlechten Noten ihrer Tochter ansprachen, wurde ihr klar, dass Tamira sie brauchte und die Lösung mit der Oma nicht mehr ausreichte. Sie arbeitete ab diesem Zeitpunkt als Übersetzerin im Homeoffice. Im Alter von sieben Jahren klagte Tamira vermehrt über Kopfweh. Wegen der familiären Vorgeschichte schob man das Problem auf eine psychische Belastungsstörung und nahm es nicht ernst. Erst nachdem massive Schwindelanfälle dazu kamen und sie kurzzeitig krampfte, schickte sie der Kinderarzt zum Spezialisten. Die Diagnose war erschütternd. »Ihre Tochter leidet an einem Medulloblastom, einem Hirntumor«, lautete die erschreckende Wahrheit. Tamira wurde operiert und bestrahlt. Sie blieb monatelang in der Klinik und durfte nur für einige Stunden nach Hause. Bei den letzten Untersuchungen wurden Metastasen im Rückenmark festgestellt.

Der richtige Zeitpunkt

Bei ihrer gemeinsamen Rückkehr in das Hospiz bleibt Yara vor dem Glasbild über dem Eingang stehen. Laura schaut sie fragend von der Seite an. »Haus der Schmetterlinge«, liest Yara laut. »Ein Schmetterling steht als Symbol der Veränderung. Ich möchte auch etwas ändern«, beschreibt sie ihre Gedanken.

»Auf jeden Fall bist du dafür zum richtigen Zeitpunkt an diesem Ort angekommen.« Laura lächelt dankbar. Sie nimmt sie wie eine Freundin an die Hand und zieht sie weiter. Es ist mittlerweile später Mittag und Tamira liegt nach einer Behandlung, durch eine Physiotherapeutin wieder in ihrem Zimmer. Die Anwendungen tun ihr gut, und das steht an erster Stelle. Die Kleine ist müde, strahlt aber wie ein Honigkuchenpferd, als Yara die Tür öffnet.

»Na, wie war das Verwöhnprogramm?«

»Ich habe auf einer Matte geschaukelt und dann hat mich Jasmin in warme Tücher eingewickelt«, erklärt Tamira und gähnt.

»Dann ist es wohl höchste Zeit für eine Pause«, stellt Yara fest und zieht sich einen Stuhl heran.

»Kannst du noch eine Weile bei mir bleiben?«, bittet Tamira.

»Ich bleibe, bis deine Ma zurück ist, versprochen.«

»Und morgen? Kommst du morgen wieder? Mama hat gesagt, dass du in die Schule gehen musst und du bald weg bist. Und dann bin ich vielleicht nicht mehr da, wenn du wiederkommst.«

Yara sieht sich bestätigt, dass es ein Fehler war, hierher zu kommen. Was soll sie dem Mädchen jetzt sagen? Dann musst du eben schneller sterben? Oder lass dir doch Zeit damit, wir fahren dann nächsten Sommer gemeinsam in die Ferien?

»Ich bleibe noch einige Tage hier«, versucht sie Tamira zu trösten.

»Dann ist es ja gut«, sagt die Kleine nur und scheint mit der Antwort zufrieden zu sein.

Yara ist verblüfft. Dieses kleine Mädchen braucht keine Lügen als Antworten. Keine leeren Versprechungen. Sie ist dankbar für ein paar Tage mit ihr. Sie fasst in diesem Moment den Entschluss, dass sie hierbleiben wird, in Tamiras Nähe. Solange es geht.

Nachdem Laura ihren Termin bei Ute, der Psychologin, wahrgenommen hat, wirkt sie etwas gelöster und Yara überlegt, Tom anzurufen. Sie verlässt leise das Zimmer und sucht nach einer ruhigen Ecke zum Telefonieren. Tom hatte trotz der kurzen Nacht Frühdienst und müsste den inzwischen beendet haben. Sie dreht sich um, will nach ihrem, Handy suchen, da bemerkt sie ihn hinter sich. Er lächelt sie an.

»Wie geht es dir?«

»Jetzt gerade ziemlich gut«, erklärt sie und lächelt. Ihr Herz klopft vor Freude so kräftig, dass sie glaubt, Tom müsste es hören. Und er kommt auf sie zu und nimmt sie in seine Arme. Sie erzählt ihm von dem Gespräch mit Laura.

»Du bist ein Türöffner, weißt du das?«, flüstert er leise.

Yara löst sich einen Schritt von Tom und schaut ihn mit hochgezogenen Augenbrauen an.

»Wenn ich das wäre, hätte ich mich nicht heimlich vom Acker machen müssen«, stellt sie fest.

»Du hältst dich selbst nicht für liebenswert und hast dich in dein Schneckenhaus zurückgezogen, aber es gibt inzwischen einige Leute, die das anders sehen. Du schenkst Tamira Lebensfreude, weil du so bist, wie du bist. Und was ist mit Oliver passiert? Mein Bruder öffnet sich endlich wieder, nach Monaten, in denen er schlecht gelaunt in seinem Zimmer hockte. Er ist, seit du mit ihm gesprochen hast, freier. Du bist durch deine Art etwas Besonderes.«

Yara kann nicht annehmen, was Tom da sagt. Ihr Vater erklärte bei ihrem Einzug ins Internat: »Wenn du deine kratzbürstige, genervte und ungeduldige Phase überwunden hast, sag Bescheid. Dann kannst du uns ja mal besuchen kommen.« Jetzt wird sie verlegen, aber sie widerspricht Tom erstmal nicht.

»Kann ich noch eine Weile bei euch bleiben, in der WG?«, fragt sie leise. Tom ist begeistert.

»Solange du willst. Aber du solltest das mit deinen Eltern klären?«

»Ja, mach ich. Aber erst nach der Klassenfahrt. Die denken ja jetzt, ich wäre in Polen.«

In der Wohnung angekommen, lernt Yara den

dritten Mitbewohner der WG kennen. »Hi, ich bin Andy«, stellt er sich vor, ohne sie anzusehen, denn er sucht irgendetwas im Kühlschrank. »Und du bist also das verrückte Huhn, aus der Provinz. Ich hab schon einiges von dir gehört.«

»Aha.«, antwortet sie. »Und du gehörst auch zu dieser geheimen Bruderschaft?«

»Was meinst du denn damit?«

»Lange Geschichte, erzähl ich dir später«, wehrt Yara ab. Es ist mittlerweile Abend und sie ist hundemüde. Es war ein voller Tag. Voll von Eindrücken, neuen Erfahrungen und Entscheidungen. Gegen Tom wirkt dieser Andy wie eine gestylte Modepuppe. Groß, dunkelhaarig und wie ein männliches Model. Dass Menschen, die so verschieden sind, miteinander klarkommen, ist ihr ein Rätsel.

»Ich koche gerade, hältst du es noch eine halbe Stunde aus, dann könnten wir alle zusammen ...«

»Logo«, stellt sie klar. »Keine Extras für mich. Es ist schon cool, dass ich hier unterkomme, für ein paar Tage. Das heißt, ich habe dich ja noch gar nicht gefragt. Ist das okay für dich?«

»Mich störst du nicht, mach dir da keinen Kopf«, hört sie ihn und denkt: wie großmütig, du Schönling. Er erinnert sie an Fin aus ihrem Internat. »Keine Angst, ich verrate dich nicht«, hatte er großkotzig erklärt, als sie ihren Rucksack in einem Schrank verstecken wollte, um ihn später da abzuholen. Der hat nicht nur die gleiche Statur wie dieser Andy, er ist auch so gönnerhaft. Aber sie will lieber vorsichtig sein. Es gibt Leute, die können sich darauf verlassen, dass der erste Eindruck der richtige ist. Bei ihr stimmt das selten. Wenn sie jemanden kennen lernt, dann schätzt sie ihn oft falsch ein. Menschen, bei denen sie sofort ein super Gefühl hat, sofern das bei ihr überhaupt mal vorkommt, entpuppen sich meistens als Vollniete. Sie braucht immer Zeit, bevor sie ihrer Einschätzung traut. Daher fragt sie sich, wie es mit diesem Andy enden wird. Er muss ja in Ordnung sein, sonst wäre Tom nicht mit ihm befreundet. Aber ist er das überhaupt? Nur, weil sie in einer WG leben? Sie verzieht sich in Toms Zimmer und legt sich auf sein Bett. Sie kann ihn fühlen, obwohl er nicht da ist. Sie riecht ihn, in seiner Bettwäsche und allein das beruhigt sie. Habe ich mich verliebt? Bevor sie diesen Gedanken weiterverfolgt, schläft sie ein. Erst durch ein sachtes Klopfen an der Tür wacht sie wieder auf. Wie lange hat sie geschlafen?

Tom setzt sich zu ihr auf die Bettkante und lächelte sie an. Er wirkt erleichtert. Hatte er ihre Gefühlsschwankungen mitbekommen und war sich nicht sicher, sie hier wiederzusehen?

»Wie geht's dir?«, fragt er sanft.

»Ganz okay.« Tom zieht seine Augenbrauen hoch.

»Ja wirklich, ich bin okay«. Er spürt, dass sie im Moment nicht weiter auf den Tag eingehen will.

»Hast du dich mit Andy schon bekannt gemacht?«

»Ich fühle mich befangen in seiner Nähe. Er ist mir zu smart und überhaupt nicht mein Typ.«

»Na ja, ihn wirst du ja nicht heiraten«, stellt Tom fest, erhebt sich und geht zur Tür. Bevor Yara etwas sagen kann, erklärt er: »Komm, lass uns was essen.« Dabei liest sie ihm sein Grinsen vom Hinterkopf ab.

»Das Argument zählt«, gibt sie zurück und verlässt etwas schwermütig die kuschelige Geborgenheit des Bettes. Oliver kommt gleichzeitig mit ihnen in die Küche und freut sich, Yara zu sehen. Sie alle haben einen Riesenhunger und sind erfreut, dass Andy Spaghetti gekocht hat. Dazu, das muss man ihm lassen, gibt es eine megaleckere Bolognesesauce. Keiner fragt Yara nach ihren Erfahrungen im Hospiz und darüber ist sie heilfroh, denn ihre Eindrücke muss sie erst selber verarbeiten. Ihr Leben fühlt sich zurzeit an wie ein Kinofilm im Schnelldurchlauf.

Die drei Jungs unterhalten sich über ihre Arbeit und was sonst noch so abging in den letzten Tagen, aber Yara hält sich raus und bleibt still. Was sie heute über die kleine Tamira erfahren hat, beschäftigt sie mehr. Alles, worüber sie sich bisher in ihrem Leben Gedanken gemacht hat, kommt ihr in diesem Moment so belanglos und unwichtig vor. Nie hat sie sich einen Kopf darum gemacht, wie gerne sie lebt. Ist doch normal, wie es läuft. Nur nicht bei jedem. Nicht bei Tamira, Ben oder Lukas und all den anderen, die keine Chance auf ein langes Leben haben. Aus der Ferne hört sie ihren Namen und erschrickt.

»Was?«, fragt sie verdattert.

»Möchtest du Eis zum Nachtisch?« Oliver schaut sie mit einem Löffel in einer großen Eiscremeschachtel fragend an. Kurz schüttelt sie mit dem Kopf, doch als sie Toms Hand auf ihrer spürt, weiß sie sofort, was er ihr sagen will: Wir helfen niemandem damit, wenn wir auf die eigene Lebensfreude verzichten.

»Ähm, ja doch gerne«, erklärt sie und lächelt Oliver an.

Da Andy gekocht hat, beschließen Tom und Yara, die Küche aufzuräumen. So sind sie allein und können reden. Sie erzählt Tom von ihrer Zerrissenheit, dieser Hilflosigkeit, die sie überfällt, wenn sie in Tamiras verletzliches Gesicht schaut. Schildert ihm, wie sich Ben und Lukas, diese beiden Jungs, die sich erst im Hospiz kennengelernt haben, gegenseitig unterstützen.

»Meine Schutzwände bekommen Risse und ich weiß nicht, ob mir das gefällt«, erklärt sie. Tom schaut sie an.

»Was oder wer hat dich so verunsichert, dass du so an dir zweifelst, das Richtige zu tun?«, fragt er sanft.

Yara kann nicht sprechen. Sie geht auf ihn zu und vergräbt ihr Gesicht an seinem Hals. Dann atmet sie ein paarmal tief ein. »Ich habe mit vierzehn, auf einer Party, Ecstasy genommen. Ein Typ hat es mir ins Getränk gemischt und ich hab es nicht gemerkt. Er hat mich in sein Zimmer gebracht und ...«, mehr kann Yara nicht sagen und sie muss es auch nicht. Tom hält sie fest in seinen Armen. Sie hört ihn schlucken, denn er ahnt, was da Schreckliches mit ihr passiert ist. Yara spricht aus, was sie bisher nicht mal bei ihrem Therapeuten geschafft hat.

»Ich wurde vergewaltigt.« Tom nimmt sanft ihr Gesicht zwischen seine Hände und kann kaum fassen, was er da hört.

»Das tut mir so leid«, erklärt er mit Tränen in den Augen.

»Ich habe seitdem niemanden mehr an mich herangelassen und war mir sicher, so nicht verletzt zu werden«, sagt Yara.

»Aber damit wurde ich nur immer einsamer. Wie in einer Gefängniszelle. Meine Ma schickte mich zu einem Therapeuten, weil ich so unausstehlich wurde, doch ich konnte mich dem nicht anvertrauen. Ich dachte, wenn die ihn bezahlt, dann wird sie ihn nötigen, ihr zu sagen, was mit mir los ist. Sie hätte mir die Schuld gegeben an dem, was passiert ist, weil ich überhaupt auf dieser Party war. Vielleicht hätte sie sogar Recht.«

»Das darfst du nicht sagen«, wirft Tom ein, der mittlerweile wütend ist. »Dieses Schwein hatte kein Recht dazu, dir weh zu tun.«

»Ich bin vorsichtig seitdem und halte mir besser alle vom Hals. Aber Tamira ist so glücklich mit anderen Menschen. Und so dankbar. Sie stellt nichts in Frage, so wie ich es ständig tue.«

»Denkst du, dass deine Mutter deinen Schmerz nicht verstehen würde?«

»Als unser Gärtner an einem Herzinfarkt starb, flüchtete sie zu einer Freundin nach Hamburg. Angeblich ginge es der furchtbar schlecht und sie bräuchte sie dringend in ihrer Nähe. Dabei war sonnenklar, dass sie auf keinen Fall an der Beerdigung teilnehmen wollte. Der Mann hat jahrelang für sie gearbeitet. Es hätte sich einfach gehört, ihn zu verabschieden. Aber unangenehmen Ereignissen geht sie aus dem Weg. Ich will so nicht sein.« Nach diesem Bekenntnis fühlt sich Yara erleichtert und Tom lässt ihr Raum das alles zu verarbeiten. Sie verbringen den Abend aneinander gekuschelt vor dem Fernseher und sehen sich irgendeine Dokusoap an. Yara ist so froh, mit Tom jemanden an der Seite zu haben, an dessen Schulter sie heulen darf, ohne sich dafür zu schämen. Er stellt ihre Gefühle nicht in Frage.

Verräter

Für den nächsten Tag hat sich Tom freigenommen und plant einen kleinen Ausflug mit Yara. Bei sonnigem und trockenem Wetter schlendern sie nach einem ausgedehnten Frühstück in einem Straßencafé durch Berlin. Hier geht echt was ab und Yara fühlt sich unwichtig zwischen diesen vielen Menschen um sie herum. Das liegt daran, dass es ihr völlig egal ist, wo sie sich aufhält, solange sie an dieser Hand angedockt bleibt, die sie festhält. Sie wollen diesem Treiben lieber entkommen und so zieht Tom sie in die nächste U-Bahnstation. Mit dem Bus geht es weiter zum Plötzensee. Hier an dem Badestrand tummeln sich auch schon Leute, um zu relaxen, doch sie finden eine passende Stelle, an der sie alleine sind. Tom möchte mehr über Yara erfahren. Sie druckst herum und weiß nicht, wo sie anfangen soll. Die Befürchtung, dass Tom enttäuscht ist, wenn ihm klar wird, aus was für einer kaputten Familie sie stammt, schnürt ihr den Hals zu. Doch er nimmt ihr den Wind aus den Segeln.

»Mach dir keine Sorgen, ich finde Lebensläufe langweilig.« Yara schluckt, das findet sie ja frech. »Langweilig? Wieso bitteschön denkst du, dass dich mein Leben langweilt?« Tom lacht nur.

»Du musst dich nicht so anstrengen, was von dir zu erzählen. Das Wichtigste weiß ich doch schon.«

»Und das wäre?«, fragt sie misstrauisch. Tom küsst sie zärtlich auf ihre Nasenspitze.

»Dass du außergewöhnlich und liebenswert bist.«

»Okay, ich sehe ein, das ist ein bisschen wenig«, bekennt sie, muss lächeln und legt los.

»Also, mein Name, Yara Berger, fast siebzehn Jahre alt, geboren nach einer Notlandung in Athen, blaue Augen, das weißt du ja schon, 172 cm groß, Taillenmaße weiß ich nicht. Grundschule in Flensburg, Internat in Kiel. Lieblingstier: Ein Hund Namens Vlesko, der gehört einem Nachbarjungen, ich durfte keinen haben. Hobbys: Ich hab´s mal mit Karate versucht. Lese gerne Fantasyromane, gehe regelmäßig Schwimmen. Lieblingsmärchen: Dornröschen. Meine Stärken: Bin gut in Physik - ein ziemlicher Dickkopf, blöd bin ich auch nicht. Meine Schwächen: Öh, zähle ich besser nicht auf, sonst bist du gleich weg. Talent: Ich kann rückwärts schreiben. Das brachte mir mal eine Fünf in Deutsch ein, weil ich den ganzen Aufsatz so geschrieben hatte. Lieblingsmensch ...« Sie schaut Tom an und küsst ihn sanft auf den Mund. »Und jetzt bist du dran«, stellt sie fest. »Wer ist der geheimnisvolle Mann, der es fertigbringt, Dornröschen aus dem Dornengrab zu befreien?« Tom lacht, steht auf und zieht mit einer Geste sein imaginäres Schwert aus der Scheide.

»Okay«, sagt er dann und setzt sich wieder. Seine Gesichtszüge werden ernst und er atmet hörbar aus.

»Ich bin in Cottbus geboren, am Rande des Spreewaldes.« »Die ersten zwei Jahre lebte ich bei meinen Großeltern. Meine Eltern waren dabei, sich nahe Berlin eine neue Existenz aufzubauen. Sie arbeiteten in Schichtdiensten, sieben Tagen die Woche. Oliver war während dieser Zeit in einem Ganztagskindergarten untergebracht und konnte so bei unseren Eltern bleiben. Die Wochenenden verbrachte auch er meist in Cottbus, bei Oma und Opa. Mein Vater geriet immer öfter in Streit mit meinem Großvater und ich war deswegen sehr traurig, denn ich liebte Opa. Er nahm mich überall mit hin und brachte mir das Paddeln bei. An meinem zehnten Geburtstag klärte mich mein Vater darüber auf, dass mein Großvater bei der Stasi war und bis zur Grenzöffnung 1989 Menschen, die sich nicht regierungstreu verhielten, an den Staatssicherheitsdienst verraten hatte. Durch seine Schuld verschwanden Männer und Frauen für Jahre hinter Gittern. Deren Kinder wurden zum Teil zur Adoption freigegeben. Für mich brach eine Welt zusammen. Eine der wichtigsten Vertrauenspersonen in meinem Leben war ein Verbrecher. Und das Schlimmste war, dass ich mit niemandem darüber reden konnte. Wer will schon mit einem Verräter verwandt sein? Ich sprach also nicht. Die Besuche bei meinem Großvater wurden seltener, bis der Kontakt einschlief. Stattdessen beschäftigte mich die Frage, ob sich so ein mieser Charakter vererbt. Ob ich auch ein Denunziant werden würde. Als mein Großvater vor drei Jahren starb, war er schwer dement. Und ich frage mich, ob er je verstanden hat, was er mit seinem Handeln angerichtet hat. Er gab sich bis zuletzt uneinsichtig.« Tom schaut Yara an und lächelt. »Wir können nichts für unsere Vorfahren. Ich habe mit dem Thema abgeschlossen, weil ich mich dann doch einem Lehrer anvertraut habe.«

Yara lächelt jetzt auch und wiederholt die Worte, die Tom am Vortag zu ihr gesagt hatte:

»Mach es doch einfach anders ...«

»Ganz genau«, bestätigt Tom. Dann möchte sie noch wissen:

»Was ist dein größter Wunsch für die Zukunft?«

»Ich will reisen. Andere Länder kennenlernen. Vielleicht mal im Ausland arbeiten? Und du? Was ist dein Traum?«

Yara braucht nur einen Moment, dann legt sie sich auf den Rücken und zieht Tom neben sich. »Einfach hier so liegen zu bleiben. Es fühlt sich gerade alles so richtig an.«

Eine Weile lang genießen sie die Sonne auf ihren Gesichtern.

»Und du kannst wirklich rückwärts schreiben?«

»hcI gam hcid rhes. Ich kann es sogar sprechen.«

Freundschaft

Am frühen Nachmittag treffen sie sich vor dem Eingang des Kinderhospizes. Yara hat Fragen, bei denen Tom ihr behilflich sein kann. So eine liebevolle Hinwendung, wie sie die jungen Gäste hier erfahren, kostet sicher einiges und sie fragt sich, ob sich das wieder mal nur gut betuchte Leute leisten können. Tom erklärt ihr bei einem Rundgang durchs Haus, dass zwei Drittel der Kosten durch Spendengelder reingeholt werden müssen. Der Rest wird staatlich finanziert. Sie bleiben vor einer Tür stehen, die Yara bisher noch nicht wahrgenommen hat. Auf einem Plakat, das daran befestigt ist, liest sie mit großen Buchstaben ‚ZUGANG NUR FÜR DIE GÄSTE'. »Was bedeutet das?«, möchte Yara wissen.

»Das ist ein Raum, der nur den Kindern und Jugendlichen zugänglich ist, die hier leben. Bis auf zwei Sozialarbeiter und dem Putzdienst am Vormittag hat hier kein außenstehender Zutritt«, erklärt Tom.

»Auch nicht die Eltern?«

»Besonders die nicht.« Yara bekommt eine Gänsehaut. Für einen Moment sieht sie sich selber hinter dieser Tür. Sie findet vieles an ihren Eltern voll schräg, aber sie in so einer Situation nicht bei sich haben zu wollen, das kann sie sich nicht vorstellen.

»Wird hier etwas angeboten, von dem die Eltern nichts wissen sollen?«, fragt sie nachdenklich.

»Angebote, im Sinne von Spielen oder Unterhaltung, gibt es auch hier, aber an diesem Ort können die Kinder unter sich sein, wenn sie es wollen. Ohne Versteckspiele.«

»Was soll das heißen? Es ist doch kaum möglich, sich hier mit seiner Krankheit zu verstecken?«

»Mit der Diagnose nicht. Aber mit all den Fragen, den Ängsten und Sorgen schon.«

»Das verstehe ich nicht. Tamira darf doch ihre Mama alles fragen.«

»Die Eltern haben es schwer. Sie erleben den körperlichen und seelischen Schmerz fast genauso wie ihre Kinder. Vielleicht ist es für sie teilweise sogar schlimmer. Umgekehrt ertragen die Kinder die Verzweiflung ihrer Eltern nicht. Brächtest du es fertig, deine Mutter zu fragen, ob es schwer sein wird, das Sterben?«

Yara spürt ein leichtes Zittern und ihr ist plötzlich kalt, was nichts mit der Raumtemperatur zu tun hat. Wie würde meine Mutter sich verhalten, wenn sie wüsste, dass ich bald sterben werde?, fragt sie sich. Für einen Moment überfällt sie Sehnsucht und sie vermisst den Beistand ihre Ma. Aber sie geht schnell wieder weg von diesem Gefühl und sagt:

»Bestimmt nicht, das wäre auch sicher das Letzte, über das sie mit mir reden wollte.«

»An diesem Ort ist Raum für solche Fragen. Ute oder Mats sind immer in der Nähe und begleiten die Kinder«, erklärt Tom.

»Das heißt, hier dürfen die Kids ungestört weinen?«

»Ja, aber manchmal ist einem eher danach zu brüllen. Die Kids schlucken vieles herunter, um ihre Eltern nicht zu belasten. Hier können sie ihren Gefühlen Ausdruck geben. Die Wände bemalen, weinen, schreien oder sich mit anderen jungen Gästen austauschen, ohne dass Erwachsene zuhören. Es können Abschiedsbriefe geschrieben werden, die eine Vertrauensperson entgegennimmt und später an eine zugedachte Person weiterleitet.«

Yara wird still und weicht Toms Blick aus.

»He, hab ich was Falsches gesagt?«, fragt er.

»Nein, sicher nicht, aber ich denke, so einen Ort hätte doch jeder gerne, an dem man ehrlich sein kann. Das klingt undankbar, oder? Ich bin gesund und sollte mich nicht beklagen. Aber diese Heuchelei bei uns zu Hause, wo keiner sagt, was er wirklich denkt, das halte ich nicht länger aus. Meine Eltern reden doch gar nicht mehr miteinander. Dabei tun sie so, als sei alles in Ordnung. Und in der Schule ist es auch nicht anders. Warum lügen die Menschen so viel? Als kleines Mädchen hatte ich mal einen Bezug zum lieben Gott, verstehst du das? Es war real. Ein Gefühl von Sicherheit, tief in mir drinnen. Aber je älter ich werde, umso mehr verarscht fühle ich mich. Wo bleibt Gott, wenn man ihn braucht?«

»Auch wenn du deiner Vorstellung vom 'lieben Gott' nicht mehr traust, bist du doch ein spiritueller Mensch«, spricht Tom aus, wofür Yara sich fast schämt. »Ich bin froh, dass du sagst, was in dir vorgeht.«

»Was für eine Beziehung hattest du zu deiner Mutter?«, möchte Yara wissen. »Warst du glücklich in ihrer Nähe?«

Tom sucht nach den richtigen Worten. »Sie war die meiste Zeit gar nicht in meiner Nähe«, stellt er fest. »Sie musste arbeiten. Meine Eltern hatten ein Haus gebaut. Und das mit wenig eigenem Geld. Bis zu meinem dritten Lebensjahr kannte ich sie kaum. Wie gesagt, da war ich fast nur bei den Großeltern und dort war es sehr schön. Ich habe also nichts vermisst. Erst als wir nach Wandlitz zogen, wurde alles anders. Mir fehlte mein Großvater. Ich wurde oft krank. Oliver war auch nicht gerade ein unkompliziertes Kind. Er schrie nächtelang und unsere Mutter war gestresst, genervt und überfordert.«

»Hört sich nicht nach glücklicher Kindheit an«, stellt Yara fest.

»Mit vier Jahren bekam ich eine bakterielle Meningitis. Um Oliver nicht zu gefährden, wurde ich isoliert. Da war ich sehr einsam und wünschte, ich wäre in einer anderen Familie geboren. Oliver war immer der robustere von uns. Das hat sich auch nie geändert, bis zu seinem Unfall.«

»Aber ihr versteht euch doch gut, oder?«

»Wir haben uns mal fast geprügelt und uns dabei alles Mögliche an den Kopf geworfen. Danach sind wir in eine Kneipe und haben uns volllaufen lassen. Seitdem ist es gut.«

»Jungs eben.« Yara lacht.

Sie gehen weiter durch einen angrenzenden Flur und treffen auf einen von Toms Kollegen.

»Hey, Seb, was machst du denn hier?«, fragt Tom überrascht.

»Hatte was zu erledigen«, kommt eine knappe

Antwort und schon ist er um die Ecke verschwunden.

»Was war das denn?«, fragt Yara erstaunt.

»Keine Ahnung«, erklärt Tom. »Das war Sebastian, von allen nur Seb genannt. Der arbeitet mit mir auf der Onkologie nebenan, im Krankenhaus und wir sind gute Freunde. Sonst ist der nicht so drauf.«

Bei der Küche angekommen, taucht Seb wieder auf. Verlegen trägt er Tom eine merkwürdige Bitte vor.

»Könnte das unter uns bleiben, dass du mich hier angetroffen hast?«, fragt er.

»Ähm, klar, wenn du das so willst«, erklärt Tom überrascht. Er hat für Sebs Verhalten keine Erklärung. Sie arbeiten beide jeden Tag mit schwerkranken Menschen und er kann sich keinen Grund vorstellen, warum das Aufeinandertreffen hier ein Problem darstellt. Seb scheint mit sich zu ringen und nimmt erst jetzt Yara zur Kenntnis.

»Ich geh schon mal vor«, bietet sie an, denn sie hat den Eindruck, dass Seb lieber allein mit Tom reden will. Doch der sagt kurz angebunden:

»Hab jetzt keine Zeit. Heute Abend?«

»Ich bin um neun im Nine Eleven«, erklärt Tom, »Du bist mir aber keine Rechenschaft schuldig«, schiebt er nach. Seb nickt nur zur Bestätigung der Verabredung und zieht sich zurück.

»So kenne ich ihn gar nicht«, versucht Tom sein Erstaunen zu rechtfertigen. »Wir sind privat oft zusammen unterwegs und haben keine Geheimnisse voreinander. Dachte ich zumindest.«

»Dann werde ich den Abend mit Oliver verbringen und Playstation spielen. Er hat mir von Frozen night vorgeschwärmt«, sagt Yara.

»Das kannst du doch machen, wenn ich den späten Dienst habe. Heute Abend hätte ich dich gerne in meiner Nähe« , erklärt Tom. »Egal, um was es geht, ich habe vor dir keine Geheimnisse. Das darf Seb ruhig wissen.«

»Aber wenn er ...«

»Nee, keine Aber, Yara. Bitte.« Diese Bitte hört sich so ehrlich an, dass es ihr fast die Sprache verschlägt. Wenn

Tom so viel daran liegt, dass sie ihn begleitet, dann sind ihre Gefühle nicht einseitig und das ist so unglaublich schön, dass Tom sie nach ein paar Minuten fragt, warum sie die ganze Zeit so grinst.

»Ich bin verliebt«, stellt Yara fest. »Schmetterlinge im Bauch, das volle Programm«, erklärt sie und küsst ihn sacht auf den Mund. Das lässt Tom nicht so stehen, zieht sie an sich und küsst sie, als wollte er sie nie mehr loslassen.

*

Wie verabredet taucht Seb um neun Uhr im Nine Eleven auf. Diese Bar hatte Tom Yara vor ein paar Tagen gezeigt und sie ist etwas stolz darauf, schon dazu zu gehören, zu dieser Berliner Szene. Seb wirkt lockerer als am Nachmittag, nicht mehr so zugeknöpft. Dass sie dabei ist, scheint ihn gar nicht zu stören.

»Was geht ab?«, kommt Tom direkt zur Sache.

»Sorry, war neben der Spur und unter Zeitdruck«, versucht Seb sich in einer Erklärung.

»Okay, wenn du nicht mit mir reden willst, dann ist das in Ordnung, aber du hast ausgesehen, als wäre dir ein Geist begegnet, als du uns getroffen hast. Keine Ahnung, was du da zu tun hattest, im Hospiz, das ist deine Sache, ich möchte nur, das du«

»Meine Schwester liegt da«, unterbricht Seb Tom abrupt. »Und sie stirbt«, platzt es nach einer kurzen Pause aus ihm heraus. Für einen Moment schweigen alle und Tom muss diese Nachricht erstmal verdauen.

»Du hast eine Schwester?«, fragt er verblüfft. »Davon hast du nie etwas gesagt. Warum nicht? Ich dachte ...«

»Was dachtest du, Tom? Dass ich der unkomplizierte Kumpel von nebenan bin? Ja, genau das wollte ich sein. Einfach normal. Ein Leben führen, neben all den Sorgen, die mich jeden Tag belasten. Ich habe das so gewollt, verstehst du das? Kati ist jetzt zwölf. Bei ihr wurde Mukoviszidose mit vier Jahren festgestellt. Seit diesem Zeitpunkt dreht sich die Welt um meine Schwester. Um ihre Therapien, Behandlungspläne, Versorgungsmöglichkeiten. Ich liebe sie, bitte versteht das nicht falsch«, meint er und blickt erst Tom und dann Yara an. »Als Teenager war ich in meinem Freundeskreis immer der Bruder der Behinderten. Alle wussten, dass ich bei vielen Treffen nicht dabei sein konnte, weil meine Mutter arbeiten ging und ich auf Kati aufgepasst habe. Mein Vater war ja schon Jahre weg. Das war in Ordnung für mich und ich fand, es sei praktisch und sinnvoll, eine Ausbildung in der Krankenpflege zu machen. Dachte, da kann ich bei Katis Versorgung Unterstützung leisten. Die Behandlungen sind teuer. Von der Krankenkasse bekommst du die Grundversorgung, aber keinen Cent mehr. Ich habe mich besser damit gefühlt, nichts von ihr zu erzählen. Ich war freier und, es gab endlich andere Themen in meinem Leben. Ach Scheiße, warum sage ich das?«

»Weil wir Freunde sind?«

»Wurde das denn nicht noch anstrengender für dich, indem du die Krankheit deiner Schwester verheimlicht hast?«, will Yara wissen.

»Klar, du hast Recht. Vor allem habe ich viele Lügen eingebaut in meinen Alltag und hatte oft ein schlechtes Gewissen deswegen. Aber ich brauchte keine Fragen zu Katis Verfassung zu beantworten und kam ohne verständnisvolle Blicke davon. Ihr Zustand hat sich mit den Jahren immer mehr verschlechtert. Diese Krankheit ist ein Horror. Seit zehn Tagen ist sie im Hospiz und dort wird sie bleiben, bis es vorbei ist.« Traurig schaut er in sein Glas und Yara hat den Impuls, ihn in den Arm zu nehmen, lässt es dann aber sein. Es liegt jetzt an Tom, wie er mit der Situation umgeht. Er scheint mit sich zu ringen. Alles, was Seb sagt, ist verständlich, doch Tom ist enttäuscht, dass er sich ihm nicht anvertraut hat.

»So sieht´s aus Tom. Ich werde mich nicht bei dir entschuldigen, falls du darauf wartest.«

»Du bist ein Idiot«, stellt Tom klar. »Mein Bruder sitzt im Rollstuhl und die vielen scheinheiligen Fragen und gut gemeinten Ratschläge sind mir so oft auf den Sack gegangen. Ich verstehe, wie du dich fühlst, obwohl es nicht vergleichbar ist. Mir ist jetzt einiges klarer, zum Beispiel die kurzfristigen Absagen bei geplanten Touren. Deine Entscheidung zählt, du kannst dich auf mich verlassen.«

Was man sich alles antut, um als Mensch gesehen zu werden, geht es Yara durch den Kopf. Jeder möchte Teil von etwas sein. Seb verabschiedet sich, er ist müde und es ist für ihn eine anstrengende Zeit. Tom versichert ihm seine Verschwiegenheit und Freundschaft.

Auf dem Rückweg spricht er lange kein Wort und Yara hat nicht vor, ihn zu bedrängen. Nach einer Weile fragt sie dann doch:

»Wie geht es dir, mit dieser Situation?«

»Bin sauer und es geht mir quer.«

»Sauer auf Seb?«

»Sauer auf mich. Ich hätte mich selber nicht für so blind eingeschätzt. Da bin ich jemanden so nahe und peile nicht, welche Probleme er hat. Das will nicht in meinen Kopf.« Yara nimmt sacht Toms Hand.

»Tja, dann kannst du ja mit mir mitkommen.« Tom seufzt.

»Wohin?«

»Auf die Insel des Verzeihens?« Tom weiß, was Yara ihm damit sagen will und doch braucht er Zeit für sich.

*

Örtlich ist Yara inzwischen gut orientiert im Haus der Schmetterlinge, doch immer wieder kriechen Ängste an ihr hoch, wie Ameisen, die sich einen Weg suchen zu ihrem Herzen. Im Eingang trifft sie Saskia, die gerade vorhat, mit einem Mädchen im Rollstuhl einen Spaziergang durch den angegliederten Park der Anlage zu unternehmen. Das Kind ist mehrfachbehindert. Ob das Kati ist? Sie wird sich nicht danach erkundigen. Es wäre Seb sicher nicht recht und sie wird seine Privatsphäre achten. Sie ist ja hier, um nach Tamira zu sehen und erfährt, dass die mit Laura ebenfalls im Park zu finden ist, um die milde Sonne zu genießen. Sie macht sich auf den Weg, um die beiden zu suchen. Beim Näherkommen hört sie ihre Stimmen. Die zwei scheinen sich über etwas zu amüsieren.

»Was gibt es denn so Interessantes zu sehen?«, fragt sie, als die beiden sie bemerken. Tamira erzählt, wie sich die Enten auf der Wiese um die Brotkrumen streiten, die sie ihnen zuwirft.

»Es ist genug für alle da«, ergänzt Laura lachend, »aber sie sind wie die Menschen und können den Hals nicht vollkriegen.« Tamira ist in eine Decke gepackt, obwohl die Sonne intensiv strahlt. Die frische Luft genießt sie offenkundig. Gemeinsam bleiben sie noch eine Viertelstunde draußen, bis die Kleine müde wird. Yara bringt sie zurück und bleibt bei ihr, solange sich Laura eine Kaffeepause gönnt.

»Wohnt dein Papa bei dir zu Hause?«, fragt Tamira, nachdem sie mithilfe einer Fachkraft wieder eingekuschelt in ihrem Bett liegt.

»Er wohnt mit meiner Ma in einem Haus. Aber ich wohne da nicht mehr«, erklärt Yara und ahnt, dass Tamira mit der Antwort nicht zufrieden ist. Ihr fragender Blick fordert eine Erklärung. »Ich gehe in ein Internat. Das ist eine Schule, in der man auch wohnt und lebt.«

»Aber wenn du Ferien hast, dann wohnst du doch bei deinen Eltern, oder?« Yara seufzt.

»Mein Papa hat noch eine andere Familie«, erklärt die Kleine.

»Vermisst du ihn?«, fragt Yara.

»Er hat mir früher vor dem Schlafengehen was vorgelesen. Das war schön. Aber er sagt mir immer, dass er mich noch liebhat. Auch wenn er nicht mehr bei mir ist.«

»Eltern können ziemlich kompliziert sein«, stellt Yara fest.

»Ja ziemlich«, stimmt Tamira zu und sie lächeln sich an, als seien sie Verbündete. Es dauert nicht lange, bis Tamira einschläft. Yara beschließt, niemals Kinder in die Welt zu setzen. Als Kind ist man verdammt, seine Eltern zu lieben. Wie ein Vogel im Nest wartet man auf Futter und Liebe. Und wenn`s schief geht, mit der Beziehung, kann die Kinderseele sehen, wo sie bleibt. Laura betritt wortlos das Zimmer und lächelt Yara dankbar an. Sie wechseln den Platz und Yara verlässt dann leise den Raum. In der Küche trifft sie einen der Jungs wieder. Lukas sitzt mit einem Mann am Tisch, der ihm Kuchen anreicht. Er ist schon älter und Yara vermutet, dass es sein Vater ist.

»Hallo«, gibt sie freundlich in die Runde und als Lukas sie ansieht, fragt sie »Na, wie ist der Kuchen, ist er okay? Dann würde ich mir auch ein Stück nehmen.«

»Jaa, ganz gut«,lautet die Antwort und er lächelt sie schüchtern an. Als sie nach Ben fragt, antwortet der Mann und erklärt, dass Bens Mutter nachmittags eigentlich immer da ist und sie gemeinsam mit Ben in der Küche Kaffee trinkt. Sie habe sich aber einen Infekt eingefangen und wolle niemanden anstecken. Daher ist sie zu Hause geblieben.

»Der ist übel drauf«, kommt jetzt von Lukas und während er spricht, läuft ihm Speichel aus dem Mund. Schon etwas eklig, denkt Yara, aber er wäre sicher auch lieber gesund. Sie schiebt ihren Stuhl zurück, um nach Ben zu sehen, doch Lukas hält sie auf.

»Lass ihn«, ruft er ihr zu. Sie setzt sich wieder und schaut ihn fragend an. Dann meint der Mann, dass Ben wütend ist auf seine Mutter und sich gleichzeitig dafür schämt.

»Ach so«, antworte Yara, »mit dem Thema kenne ich mich gut aus.« Sie verlässt den Raum, um Ben zu suchen, und klopft an seine Zimmertür.

»Lasst mich in Ruhe!«, hört sie und öffnet die Tür einen kleinen Spalt.

»Ich bin es, Yara. Wir haben uns vorgestern kennengelernt, erinnerst du dich? Ich bräuchte mal deinen Rat. Kann ich eine Minute mit dir reden?« Es dauert eine Weile, in der, wie sie vermutet, Ben sich die Nase putzt und sein 'Pokerface' aufsetzt.

»Komm rein.« Sie atmet hörbar aus, denn diese Hürde wäre genommen. Da sich keine andere Möglichkeit anbietet, setzt sie sich frech auf sein Bett und schaut sich in seinem Zimmer um. Der Raum ist eine Mischung aus Jugend und Krankenzimmer. Neben dem Pflegebett steht sein Beatmungsgerät mit Schläuchen und Medikamenten. Eine Menge gerahmter Fotos hängen an einer Wand. Die wird seine Mutter da geparkt haben, vermutet sie. PC und Spielkonsole nehmen den ganzen Tisch ein, das Regal ist voller Videospiele und die Unordnung lässt auf seinen Gemütszustand schließen.

»Was für einen Rat brauchst du von mir?«, fragt er. Yara erzählt ihm, dass sie von zu Hause abgehauen ist und niemand aus ihrer Familie eine Ahnung hat, wo sie steckt. Dass sie keinen Bock mehr auf das Internat hat. Ben wird bald achtzehn und es ist ihr Ernst damit, ihn nach seiner Meinung zu fragen.

»Was geht ab, in den Köpfen unserer sogenannten Erziehungsberechtigten, das sie glauben, immer besser zu wissen, was gut für uns ist?« Bens Vater starb vor acht Jahren an Krebs und seitdem lebt er mit seiner Mutter allein. Er erzählt, dass er auch mal abgehauen ist.

»Ich wollte vor der Verantwortung flüchten. Meine Ma hatte Depressionen seit dem Tod meines

Vaters und ich war damit überfordert, mich um sie zu kümmern. Bis nach Barcelona kam ich, dann holte mich mein schlechtes Gewissen ein und ich ließ mich wieder abholen. Hab mir aber Hilfe über einen psychologischen Dienst geholt«, erklärt er, »Nach ihrer Therapie ging es uns beiden besser. Mein Rat ist, weglaufen hilft dir nur kurzfristig. Du wirst dich schon deutlich machen müssen, mit dem, was du dir vorstellst. Aber ich denke, du weißt es nicht, oder?« In Bens Lächeln liegt Ironie. »Glaubst du, die Antworten auf deine Fragen ausgerechnet im Hospiz zu findest?«, fragt er und lacht.

Yara seufzt.

»Spielst du Schach?«, will er wissen.

»Ziemlich gut«, erklärt sie selbstbewusst und grinst.

Ben

Seine Eltern, Ludewik und Elisabeth kamen nach Deutschland, als sie in ihrer Heimat keine Perspektiven mehr sahen. Sie wünschten sich eine bessere Zukunft. Vor allem für ihren Sohn, der mit seinen vier Jahren das ganze Leben noch vor sich hatte. Es war ihr größter Wunsch, ihm eine solide Ausbildung zu ermöglichen. Er sollte sich später eine Familie und ein Haus leisten können. Um sich über Wasser zu halten, nahmen sie in den ersten Jahren jeden Job an. Sie lernten die deutsche Sprache, und da Ben gleich in den Kindergarten kam, fiel ihm das leichter als seinen Eltern. Trotzdem war für Ben die Umstellung zunächst schwer. Er vermisste seine Großeltern. Vor allem seinen Großvater, der ihn oft zum Angeln mitnahm. Opa Michael verbrachte viel Zeit mit seinem Enkel, denn in Polen waren die Eltern immer auf der Arbeit. Nur verdienten sie so wenig, dass es für den Familienunterhalt nicht reichte. Ben war ein fleißiger Schüler und gab sein Bestes, um seinen Vater nicht zu enttäuschen. Er passte sich schnell an und spielte leidenschaftlich gerne Fußball. Podolski war sein größtes Vorbild und er schaffte es mit acht sogar bis in die Jugend-Bezirksmannschaft. Damit war er der ganze Stolz seines Vaters. Als Ben zehn Jahre alt war, bekam sein Pa die Diagnose Lungenkrebs. Zwei Jahre später verstarb er daran.

Bens großer Traum blieb es, Profifußballer zu werden, doch seine Mutter kam mit dem Verlust ihres Mannes nicht klar und wurde psychisch krank. Die Belastung seiner mittlerweile tablettenabhängigen Ma ließ ihm zu wenig Zeit für das nötige Training und er versuchte, aus der Situation das Beste zu machen. Mit vierzehn trampte er kurzentschlossen nach Spanien. Er wollte die Verantwortung für das alles nicht mehr tragen. Sein Trainer holte ihn aus Barcelona zurück und half ihm dabei, einen Therapieplatz für seine Mutter zu finden. Es ging endlich bergauf. Doch sein Traum, Fußballer zu werden zerplatzte endgültig, als er bei einem Training unvermittelt zusammenbrach. Die Diagnose war erschütternd, Ben war lungenkrank. Körperliche Anstrengungen waren ihm ab diesem Zeitpunkt untersagt. Die Gefahr, dass seine Lunge kollabierte und damit die Funktion der Sauerstoffverteilung aufgab, war zu groß. Er stand auf der Liste für eine Spenderlunge bei Eurotransplant und es wurde zu einem Wettlauf mit der Zeit. Nach eineinhalb Jahren, am 18. August, um 3:30 Uhr, bekam seine Mutter telefonisch die Nachricht, dass eine Lunge für ihn bereitstände. Ben wurde noch in der Nacht operiert. Das Spenderorgan kam aus Spanien und stammte von einer bei einem Autounfall verunglückten Person. Mehr wurde über diesen Spender nicht mitgeteilt.

Die Operation verlief ohne Komplikationen, doch der Weg zur vollständigen Genesung dauerte an. Ob Bens Körper das fremde Organ annehmen, oder es wieder abstoßen würde, sollte sich erst im Laufe der Folgemonate zeigen. Er erholte sich, bis es nach einem halben Jahr Abstoßungsreaktionen gab. Bei der neuen Lunge führten Vernarbungen zur Schwächung der Lungenfunktion. Eine weitere Transplantation ist nicht möglich.

Asim

Yara und Oliver planen für das Abendessen, gemeinsam zu kochen. Eine vegetarische Suppe mit viel Gemüseeinlage steht auf dem Speiseplan. Ihr ist mulmig zumute, denn sie wird ihm beim Abstieg der Treppe behilflich sein und fürchtet, sich dabei dumm anzustellen. Er zeigt ihr, wo er die Hilfestellung braucht. Den linken Arm legt er um Yaras Schultern und stützt seinen rechten auf das Treppengeländer ab. So schaffen sie Stufe um Stufe. Zwischendurch benötigt Yara kurze Pausen, es liegt ganz schön Gewicht auf ihr.

Unten angekommen, ist sie sichtlich erleichtert, dass alles gut gegangen ist. »Das ist so auf Dauer keine Lösung«, stellt sie angestrengt fest. Oliver nimmt diese Ansage mit Humor und erklärt, dass seine Transferhilfe meistens ein junger Mann übernimmt, der eine Etage über ihm wohnt. Der ist Sportler und sieht das als tägliche Übung, neben dem Training in der Muckibude. Oliver setzt sich in den Rollstuhl und sie machen sich auf den Weg zu seinem Auto, das in einer Tiefgarage geparkt ist.

»Wie lange fährst du den Wagen schon?«, will Yara wissen.

»Lange genug, dass du nicht um dein Leben fürchten musst«, kommt prompt die Antwort, denn an ihrem Gesichtsausdruck liest er ab, dass sie seiner Mobilität auf vier Rädern nicht recht traut. »Ich habe einige Fahrstunden zusätzlich dafür absolviert«, erklärt er nüchtern. »Bis auf Blechschäden und einer kaputten Hauswand ist nicht viel passiert.«

»Blechschäden?«, fragt Yara entgeistert. »Was genau darf ich mir darunter vorstellen?«

»Ein Nachbar kam mit seinem Dackel aus der Haustür und ich hätte den Hund fast über den Haufen gefahren«, erklärt er.

»Da schien mir der angekettete Drahtesel an einem Verkehrsschild die bessere Wahl.« Für eine Weile sagt Yara nichts mehr. Dann schaut sie Oliver von der Seite an und ihr wird klar, dass er sie die ganze Zeit verarscht, denn er grinst. Erst als er ihren Blick bemerkt, kann er sich nicht mehr zurückhalten und prustet los.

»Ich würde dir ja gerne das Steuer überlassen, aber ich fürchte, bei deiner Fahrerfahrung ohne Führerschein wäre dann der Dackel das Opfer«, erklärt er spöttisch. »Aber im Ernst, dieses Auto fährt sich wie jedes andere. Nur ist es für jemanden, der darauf angewiesen ist, so wie ich, kostbarer und man bewegt sich im Straßenverkehr vorsichtiger.« Oliver öffnet die Autotür und fährt mit dem Rollstuhl nahe an den Fahrereinstieg. Gekonnt hievt er sich auf den Sitz, von dem aus er mit wenigen Handgriffen seinen Stuhl zerlegt, indem er das Sitzkissen auf die Rückbank legt, die Fußstützen abgezogen in den Beifahrerfußraum platziert und dann das Gestell zusammen klappt. Er hebt es zwischen sich und dem Lenkrad rüber auf den Beifahrersitz. Yara pfeift.

»Respekt, du hast Übung darin, man sieht`s.« Seitlich des Steuers befindet sich eine Art Joystick, mit dem Oliver Gas gibt oder bremst, je nachdem, in welche Richtung er ihn bewegt. Yara nimmt auf der Rückbank Platz. Das Ziel ist ein Bioladen, in einem kleinen Vorort von Berlin. Hier gibt es die besten Zutaten für ihr geplantes Abendessen. Nach dem Einkauf nehmen sie sich Zeit für einen Eiskaffee, in einem italienischen Lokal. Olivers Gesicht ist offensichtlich bekannt hier. Paolo, der Besitzer des Cafés, klopft ihm auf die Schulter.

»Alter Freund, du warst lange nicht hier«, erklärt er mit einem süßen Akzent. »Und kommst mit so reizender Begleitung.«

»Das ist die Freundin von Tom«, stellt Oliver klar. Eine Weile tauschen sich die beiden über alte Zeiten aus und Yara erfährt wieder ein wenig mehr aus Olivers Vergangenheit.

»Würdest du heute etwas in deinem Leben anders machen?«, fragt sie ihn spontan, nachdem sich Paolo neuen Gästen zugewendet hat.

»Du meinst, vor dem Unfall?«

»Ja.«

»Glaub nicht. Ich war ein Grenzgänger, wie man so schön sagt. Immer auf der Suche nach dem Kick. Wenn es nicht dort passiert wäre, hätte mich was anderes ausgebremst. So war es ein Hund, über den ich gestolpert bin.«

»Du machst niemandem einen Vorwurf?«

»Im Stillen habe ich vor meinem Unfall jedem

einen Vorwurf gemacht. Vor allem Tom. Er war immer der Vorsichtige und wurde dafür geliebt. Ich dagegen der Draufgänger, der andere in Gefahr bringt. Ich wollte ihm ein großer Bruder sein, aber er brauchte mich gar nicht. Mit der Zeit fand ich es interessant, dass er mich maßregelte, obwohl er der Jüngere ist. Das hat mich dann noch mehr provoziert. Das heißt, ich war ein Arsch, verstehst du?«

»Wir sind uns ein bisschen ähnlich, kann das sein?«, fragt Yara leise. »Es ist so eine Art Abrechnung. Die habe ich mit meinen Eltern und du mit deinem Bruder?«

»Was hast so angestellt?«, fragt er lachend.

»Im achten Schuljahr, ich war vierzehn, bekamen wir einen Neuzugang in der Klasse. Asim, ein Junge aus Jordanien. Er war schon fast fünfzehn und von seiner vorherigen Schule geschasst worden. Der war überall unbeliebt, aber das störte ihn überhaupt nicht. Dabei war er klüger als wir alle zusammen. Wo er auftauchte, verunsicherte er die Leute und das gefiel mir. Ansonsten war er eine kaputte Type. Uns beide verband etwas. In keine Schublade passen, immer auf der Suche nach dem Kick. Ich schnitt mir die Haare ab, Glatze, mit vierzehn. Mein Vater rastete komplett aus. Ihn auf die Palme zu bringen, gab mir ein Gefühl von Überlegenheit. Sein Interesse bestand dann nur noch darin, mir aus dem Weg zu gehen und ich nutzte jede Sekunde, ihn daran zu erinnern, dass er mich an der Backe hat, in seinem Patriarchat. Ich rauchte Gras, obwohl mir speiübel wurde von dem Zeug. Und ich ließ mir ein A-Geweih stechen, von einem Typen, der nicht nach dem Perso fragte. Das hat echt weh getan. Aber das war es mir wert. Nachdem sich herumgesprochen hatte, dass Asim auf dem Schulhof Drogen an Schüler verkauft, war er plötzlich verschwunden. Keiner sagte etwas. So als sei er nie da gewesen. Alle wussten aber, dass er sich mit mir getroffen hatte und so gab es eine Schulkonferenz, mit Teilnahme der zuständigen Lehrer und meinen Eltern. Mein Zimmer wurde nach Drogen durchsucht, aber da gab es nichts zu finden. Ich habe keine Reue gezeigt, in Hinsicht `die Freundschaft zu Asim war ein Fehler, alles tut mir schrecklich leid, ab heute werde ich ein besserer Mensch`, so in etwa. Also wurde ich kurzerhand in einem Internat angemeldet. Ich war meinen Eltern zu unbequem.«

»Und bist wie Napoleon in die Verbannung gegangen«, stellt Oliver fest. »Hat Tom dir erzählt, dass er mit vier Jahren fast ertrunken wäre?«, fragt er.

»Nein, davon weiß ich nichts.«

»Wir waren mit unseren Eltern im Urlaub in Ungarn, am Plattensee. Ich hatte mich ein paar Jungs angeschlossen, die Fußball spielten, bis meine Mutter auftauchte und fragte, wo Tom sei. Ich wusste es nicht und es interessierte mich gar nicht, denn ich lernte gerade, wie man Tore schießt. Bei meiner Mutter brach Panik aus und sie ohrfeigte mich, vor den Augen der anderen Kinder. Tatsächlich war Tom zu weit in den See gelaufen und wurde von einem Touristen aus dem Wasser gefischt. Er war mit dem Schrecken davongekommen. Meine Demütigung hat länger geschmerzt.«

»Und dann hast du dich entschieden, mal der zu sein, um den man sich sorgt?«

»Ja, vielleicht ist da was dran.«

Yara hatte nie das Gefühl gemocht zu werden und jetzt sind da gleich drei Menschen, die ihr Vertrauen entgegenbringen. Tom, Oliver und Tamira sind so ganz anders im Umgang mit ihr. Liegt es daran, dass die Menschen in Berlin tatsächlich anders ticken, als die in Norddeutschland? Oder liegt es an ihr?

*

Es ist wieder ein sonniger, windstiller Tag und Yara hat Tamira auf die Dachterrasse geholt. Unter einem großen Sonnenschirm liegt die Kleine zwischen ihren Beinen auf einer dicken Matratze. Eine leichte Decke über ihrem zarten Körper schützt sie bei aufkommendem Wind. Zufrieden kuschelt sie sich an ihre selbst gewählte große Schwester und lächelt.

»Erzähl mir eine Geschichte«, bettelt Tamira. Yara seufzt und denkt laut nach. »Die Sache mit Hänsel und Gretel findest du nicht so spannend, oder?«

»Nee, keine Geschichte, wo jemand stirbt.«

»Nicht mal ne blöde alte Hexe?«

»Nicht mal ne blöde, alte, fiese, hässliche Hexe«, bestimmt Tamira.

»Tja, da muss ich mal nachdenken«, erklärt Yara und sinnt nach. »Es war einmal eine Schokoladentorte, die wollte bis in alle Ewigkeit leben. Dummerweise sah sie aber so appetitlich aus, dass jedem der sie sah, das Wasser im Mund zusammenlief. Alle wollten zu gerne ein Stück von ihr abhaben und es sich munden lassen. Doch jedes Mal, wenn jemand ihr mit der Kuchengabel zu Leibe rückte, zog sie all ihre Sahneteilchen zusammen, so dass sie aussah, als hätte sie den ganzen Tag in der Sonne gestanden und wäre längst verdorben. Die Süßmäuler zogen sich schnell von ihr zurück und fürchteten, sich den Magen zu verderben, wenn sie nur ein winziges Stück, von der Torte kosteten.« Yara schaut kurz zu Tamira runter und sieht, dass die kleine Dame grinst. Tamira ist es dann, die ihre schwachsinnige Geschichte beendet, indem sie erklärt, »daraufhin verschwindet die Torte ins Eisfach und hofft, dass der Strom nicht ausfällt.«

»Okay«, bekennt Yara, »ich bin keine gute Geschichtenerzählerin.«

»Dafür bist du eine Zauberin. Das ist viel schöner«, erklärt Tamira.

»Eine Zauberin?«, fragt Yara überrascht und lacht.

»Ja, du kannst meine Mama zum Lachen bringen. Das kann sonst keiner.« Yara legt zärtlich ihre Arme um Tamira und drückt sie sanft an sich.

»Ich hab dich sehr lieb, kleine Prinzessin«, sagt sie nur und denkt, wenn ich zaubern könnte, dann wärst du nicht hier. Du würdest mit gleichaltrigen Kindern auf Spielplätzen oder in Schwimmbädern rumtoben und dir die nächsten 80 Jahre keine Gedanken über das Sterben machen.

Dann steht Saskia in der Tür. »Besser, ihr kommt rein, es zieht ein kühler Wind auf.«

Am späten Nachmittag trifft Yara beim Verlassen des Hauses auf Laura. Die hat nach einem Telefonat mit ihrem Exmann mal wieder verweinte Augen. Trotzdem erklärt sie:

»Sie hatte heute einen guten Tag. Manchmal denke ich, es wird eine Wende geben und sie wird diese verfluchte Krankheit besiegen. Die Ärzte werden erstaunt feststellen, dass sie sich erholt und eine Heilung einsetzt.«

Yara fühlt sich extrem unsicher, wenn Laura so spricht. Zu gerne würde auch sie auf ein Wunder hoffen, doch die Realität zeigt keine Chance dafür an. Es fällt ihr nichts ein, was sie sagen kann und so nimmt sie schweigend Lauras Hand und hält sie.

»Danke, dass du das alles mitmachst«, sagt Laura. »Dieses verfluchte Thema Sterben macht mich fertig.«

»Mach dir nicht solche Sorgen.«

»Was meinst du denn damit?«, fragt Laura erstaunt.

»Tamira sagt mir, sie fühlt sich nicht allein«, erklärt Yara.

»Das ist sie auch nicht«, stellt Laura klar. »Wir sind doch für sie da.«

Yara zieht ein Bild aus ihrer Tasche, dass Tamira gemalt hat. »Das hat sie mir vor zwei Tagen geschenkt. Sie meinte, es sei unser Geheimnis und ich solle es niemandem zeigen. Aber ich finde, du solltest es dir ansehen.« Das Bild zeigt eine Wiese, auf dem ein Haus steht. Bunte Schmetterlinge fliegen über dem Dach des Hauses in Richtung eines Regenbogens über ihnen. Neben dem Gebäude stehen zwei Frauen und halten sich an den Händen. Die eine ist kleiner und es ist wohl klar, dass hier Laura und Yara dargestellt sind.

Sie schauen auf dem Bild einem Schmetterling nach, der gerade auf dem Rücken eines Engels aus dem Fenster fliegt. Auf dem leuchtenden Regenbogen liegt bäuchlings ein Mann. Er lächelt und scheint dem Schmetterling zuzuwinken.

»Mein Gott«, sagt Laura. »Das ist Lennart, mein Bruder. Er war Tamiras Patenonkel und er starb vor zwei Jahren. Tamira war so traurig, weil er sie nicht mehr besuchte. Er trug oft einen roten Lieblingspullover, so wie auf diesem Bild hier.« Laura reicht Yara das Bild zurück und erklärt: »Was für eine wunderschöne Vorstellung, dass meine Tochter als Schmetterling gen Himmel fliegt. Aber das sind doch nur kindliche …«

»Fantasien? Woher willst du das wissen?« Wie ein Strohhalm hält Yara an dieser Möglichkeit fest. »Wenn Tamira spürt, dass da jemand ist, der auf sie Acht gibt, dann muss es einfach so sein.«

Laura sieht sie ungläubig an. Etwas in ihrem Blick hat sich verändert.

»Tamira weiß es längst, dass sie nicht bleiben kann. Sie leidet wegen mir, weil ich es nicht akzeptiere. Ist es so?« Yara schaut sie traurig an. »Ich weiß nur, sie ist noch hier, Laura. Diese Angst, dass sie uns bald verlässt, lähmt mich so sehr, dass es mir die Freude nimmt, mit ihr zusammen zu sein. Ich verstehe allmählich, was Saskia meinte, als sie davon sprach, dass wir nichts vor das Leben stellen sollten, das sie noch hat. Wir sind in unseren Gedanken schon mit dem Tag beschäftigt, an dem sie uns verlässt, und glauben, wir könnten uns darauf vorbereiten. Aber das ist ein Irrtum.

Wenn ich daran denke, dass sie stirbt, dann

schleicht sich dieser Dämon Angst heran, wie ein Nebel, der sich unsichtbar um mein Herz legt. Erst wenn ich kaum noch atme, bemerke ich, wie viel Kraft sie mir stiehlt. Ich will mit Tamira Geburtstag feiern. Jeden Tag, solange sie in meiner Welt anwesend ist.« Laura und Yara schämen sich längst nicht mehr, voreinander zu weinen, und lassen ihren Tränen freien Lauf.

»Du hast recht, Yara. Sie lebt. Lass uns das feiern«, erklärt Laura.

Götter in Weiß

In der Nacht hat Tamira leichtes Fieber bekommen. Hochgezogene Seitengitter verhindern, dass sie aus ihrem Bett fällt, bei unruhigem Schlaf. Es ist noch früh am Morgen und obwohl Yara die Tür leise öffnet, schlägt die Kleine die Augen auf und lächelt sie an. Tamira röchelt beim Atmen. Laura sitzt bei ihrer Tochter und gibt ihr einen Kuss auf die Stirn.

»Mein tapferes Mädchen, wie geht es dir?«

»Ich bin immer so müde, Mami, dabei möchte ich so gerne mit Yara zusammen sein.«

»Aber ich bin doch hier«, beruhigt Yara die Kleine. »Soll ich dir was vorlesen?«

»Das wäre wunderbar«, meint Laura und sieht hoffnungsvoll zu Yara hoch. »Ich möchte mal mit einem der Ärzte sprechen.«

»Ja, dann lassen wir sie doch mal gehen, zu den Göttern in Weiß«, erwidert Yara belustigt und sieht dabei Tamira liebevoll an.

»Was meinst du damit, Götter in Weiß?«, will die

Kleine wissen, nachdem ihre Mutter den Raum verlassen hat.

»Manche Ärzte glauben, dass sie in ihren weißen Kitteln mindestens so schlau sind, wie der liebe Gott.«

»Mein Lieblingsdoktor hat keinen Kittel an, sondern immer karierte Hemden«, stellt Tamira fest.

Gerade nochmal die Kurve gekriegt, denkt Yara erleichtert. Hört dann aber die Frage:

»Glaubst du, es ist schön im Himmel?«

Oh, nein fleht Yara im Stillen. Nicht dieses Thema, bitte nicht. In hilflosem Aktionismus malt sie Tamira ein Bild von einem Ort, in dem jeder einen Hund haben darf, Schokolade isst, auch nachdem die Zähne geputzt sind, alles erlaubt ist, es keine Vorschriften gibt und überhaupt Verbote verboten sind. Und Yara ist nicht klar, ob die Tränen, die sie beide gerade weinen, die von Spaß oder Kummer sind.

»Ich hätte dich so gerne schon eher gekannt«, sagt Tamira leise »Ich werde dich vermissen.«

Das bringt Yara fast aus der Fassung, wer wird denn hier verlassen? Sie ist es doch nicht, die geht. Es ist ihre gefühlte kleine Schwester, die sich vom Acker macht. Und was für ein Gespräch führt sie hier gerade? Aber dann fällt ihr auf, dass es eine Frage der Ansicht ist. Wenn Tamira in eine schönere Welt zurückgeholt wird? Dann ist sie nicht verloren. Nur so hat das Ganze doch einen Sinn. Sie klammert sich an diese Vorstellung. Weil sie es sich so wünscht für Tamira. An einen Gott, so wie er ihr beschrieben worden ist, glaubt sie nicht. Aber das heißt ja nicht, dass da nichts ist. Du bist ein Türöffner, hat Tom zu ihr gesagt. Na toll, wo ist hier bitte eine Tür, die sich öffnen lässt?

»Hast du Angst?« Hat sie das gerade wirklich gefragt?

»Ja, manchmal schon. Wenn Mama weint, dann ist es schlimm. Sie will mich beschützen und man muss ja jemanden nur beschützen vor schlimmen Dingen, oder?«

»Vor deiner Krankheit würde sie dich gerne beschützen. Vor den Schmerzen, die du schon aushalten musstest und vor der langen Zeit, die du nicht zu Hause sein durftest, sondern im Krankenhaus warst, hätte sie dich gerne beschützt. Alle Eltern glauben, dass man das können muss. Und wenn man es nicht kann, dann fühlt man sich hilflos und wird traurig.«

Tamira ist erschöpft und schließt die Augen. Sie ist schon fast eingeschlummert, als Yara ihre kleine zarte Hand nimmt und sagt:

»Ich hab dich lieb. Und mein Herz wird dich niemals verlassen!«

»Ich weiß«, antwortet Tamira leise und Yara ist so unendlich froh, dass die Kleine sich dessen sicher ist.

Laura öffnet die Tür. Still setzt sie sich an das Bett ihrer Tochter und Yara lässt die beiden allein.

Tom hat ihr inzwischen eine SMS geschickt und mitgeteilt, wo er sich aufhält. Sie soll sich aber Zeit lassen, denn er hat noch eine Verabredung.

Auf dem Flur sieht sie Mats, der gerade ein Gespräch mit einem Elternpaar beendet und sich verabschiedet. Sie will ihm lieber aus dem Weg gehen, denn Theologen sind ihr suspekt. »Hallo Yara«, hört sie ihn. Okay zu spät, denkt sie.

»Hast du einen Moment?«, fragt er.

»Klar«, gibt sie sich selbstbewusst. Sie nehmen den Weg zur Küche, die um diese Zeit noch nicht von Menschen bevölkert ist. Da sie allein sind, steigt in Yara ein mulmiges Gefühl auf.

»Wie geht es dir?«, fragt er und schaut ihr dabei in die Augen.

»Oh, gut. Bestens. Könnte nur durch eine Wunderheilung all dieser jungen Gäste hier gesteigert werden.«

»Auf was bist du so wütend?«, fragt er und Yara fühlt sich bis ins Mark provoziert.

»Wenn ich auf Theologen treffe, dann koche ich an. Das ist gar nicht persönlich gegen dich gemeint, ich fühle mich nur verarscht, wenn jemand behauptet, durch das Zitieren von Bibeltexten die Welt verbessern zu können. Heißt es nicht, Jesus hat Gelähmte wieder geheilt und den Menschen die Glückseligkeit versprochen, wenn sie ihm folgen. Was machen diese Kinder hier falsch? Folgen sie ihm nicht genug?«

»Dir ist doch selber klar, dass da oben kein Dirigent sitzt, der hier auf Erden ständig den Takt angibt, oder?«, fragt Mats. Bevor sie darauf etwas sagen kann, spricht er weiter. »Wir besitzen dieses Leben und haben die Freiheit, es zu gestalten. Das heißt aber auch, dass jeder die Verantwortung dafür übernehmen muss, wie er es tut. Du allein hast die Entscheidung, welchen Sinn du deinem Leben gibst. Schmerz und Verlust gehören dazu. Es gibt kein Hell ohne Dunkel, kein Glück ohne Schmerz. Wir alle bewegen uns in diesen Gegensätzen. Und können wachsen und reifen in diesem Spektrum oder eben nicht.

»Soll das heißen«, ruft Yara empört, »dass ich hier

bin, um an Tamira Leiden zu reifen?«

»Was sagt dir dein Herz, bei der Begegnung mit ihr? Ich sehe euch lachen, wenn ihr die Köpfe zusammensteckt. Was ist deine Erfahrung?«, fragt er, ohne eine Antwort zu erwarten. Yara ist verwirrt.

»Gott ist nicht da draußen zu finden«, stellt Mats behutsam fest. »Er ist hinter dem Raum, den du mit deinem Zorn verteidigst. Bist du hier angekommen, um die Tür dahin zu öffnen?«

»Schon wieder diese Tür, die ich öffnen soll«, entgegnet sie. »Woher weißt du, dass es einen Gott gibt, wenn er sich nicht in unsere Entscheidungen einmischt?«

»Indem ich mir vorstelle, wie die Welt aussieht, in der ich leben möchte. Und für das, was ich dazu beitrage, übernehme ich die Verantwortung. Diese Welt ist wunderschön und du hast etwas Wunderbares in dir entdeckt.«

»Und was ist das?«

»Nennen wir es die Neugier auf dich selbst.«

Nach diesem Gespräch braucht Yara frische Luft und sie verlässt das Haus für einen Spaziergang im Park. Ist sie zu stur oder zu blöd, das alles zu kapieren? All die Jahre hat sie es vermieden auf ihre Gefühle zu hören, denn es hat ihr immer nur Enttäuschung eingebracht. Glücklich war sie damit nicht, aber zumindest weniger verletzbar. Und jetzt ist sie umgeben von Menschen, die sich anscheinend für ihre Meinung interessieren. Was ist so anders hier? Ihr ist klar, dass sie zurück ins Internat muss und in ihr Elternhaus. Aber es muss sich etwas ändern. Um mit dem Grübeln aufzuhören, beschließt sie, erst mal in die Wohnung zu fahren, um dort auf Tom zu warten. Oliver ist in seinem PC vertieft, so legt sie sich auf ihre Schlafcouch und sinnt darüber nach, was ihr in ihrem Leben wirklich wichtig ist.

Unerwarteter Besuch

Den nächsten Vormittag verbringt Yara damit, eine kleine Feier zu organisieren. Endlich siebzehn, denkt sie und überlegt, ihre Gast-WG mit einem Buffet zu überraschen. Da sie kein Geld für eine Jugendherberge ausgeben muss, kann sie es sich leisten, in einem nahe gelegenen Supermarkt einige Leckereien als Fingerfood einkaufen. Da sie nicht gerne im Mittelpunkt steht, hat sie Tom noch nicht verraten, dass sie Geburtstag hat. Sie will ihn aber später fragen, ob er ihr beim Getränkeeinkauf hilft. Schlagartig fällt ihr etwas ein, das sie bisher erfolgreich verdrängt hat. Ihre Mutter. Die würde sie nie auf einer Klassenfahrt anrufen, da sie weiß, wie peinlich das für sie wäre, aber an ihrem Geburtstag wird sie es tun, weil Mütter das eben so machen. Shit, denkt Yara verzweifelt und kramt in ihrem Rucksack, um nach ihrem Handy zu suchen. Bisher kein Anruf, stellt sie mit Erleichterung fest. Aber es ist früh am Morgen. Wenn sie das Gespräch nicht annimmt, wird es ihre

Ma immer wieder versuchen. Womöglich wird sie ihren Lehrer kontaktieren und dann fliegt alles auf und die lassen sie mit der Polizei suchen. In ihrem Kopf laufen Horrorszenarien ab. Ich muss ihr zuvorkommen, überlegt sie. Wenn sie ihre Mutter anruft, wird sie keinen Verdacht schöpfen und sie in Ruhe lassen. Doch dann kommt ihr ein anderer Gedanke.

Als sie zurück in der Wohnung die Lebensmittel in dem Kühlschrank verstaut, schaut Oliver sie verdutzt an.

»Partyalarm?«, fragt er.

»Pst, kleines Geheimnis«, erklärt Yara und zeichnet mit Daumen und Zeigefinger einen verschwiegenen Mund über ihre Lippen an. Er bohrt nicht weiter nach, kocht stattdessen Tee, für sie beide. Mittlerweile genießen sie die Pausen miteinander. Oliver erzählt ihr offensichtlich gerne etwas von sich und Yara hört ihm gerne zu. Es ist neu für sie, mit jemanden so vertraut zu sein. Sie erfährt, dass er vor seinem Unfall eine feste Freundin hatte. Das glaubte er damals zumindest. Sie war genauso auf Abenteuer versessen wie er und sie passten von daher perfekt zusammen. Nachdem Oliver die Diagnose Nervenquetschung, mit vorübergehender Lähmung erhalten hatte, blieb sie optimistisch, dass sich ihr altes Leben bald wieder einstellt. Doch da sich sein Zustand nicht verbesserte, wurde ihr das Zusammensein mit ihm zunehmend langweilig. Es kam zur Trennung. Er gab sich cool, aber es hatte ihn doch verletzt. Seit dem Zeitpunkt will er nicht mehr Olli genannt werden. Yara hält sich mit Kommentaren zurück. Sie ist sich sicher, dass Oliver ihre Haltung dazu kennt. Sie erzählt ihm, dass sie auf ein verhasstes Internat geht, worüber er sich lustig macht und fragt, ob sie schon mal Kontakt zu Harry Potter aufgenommen hat.

»Den Part des Zauberers hat bei uns tatsächlich jemand«, entgegnet sie und lächelt. »Der heißt Felix und hat es gebracht, dass die ganze Schule geräumt wurde. Den ersten Feueralarm gab es an einem Freitag um 9:00 Uhr. Was die digitale Intelligenz unserer Lehrer angeht, sind das nicht die hellsten Leuchten auf dem Planeten. Im Gegensatz zu Felix. Der hat die Zentrale des Brandmelders per Funk angesteuert. Und das mit Zeitschaltung. Er saß ganz unschuldig mit uns in der Klasse, bis der Feueralarm losging. Alle verließen das Gebäude. Beim zweiten Mal, eine Woche später, das gleiche Spiel. Wieder alle raus aus den Klassen. Und ein drittes Mal, zur selben Uhrzeit, Stromausfall in der gesamten Anlage. Da war auch dem letzten Schlusslicht klar, dass das kein technischer Defekt ist.«

»Krass! Wie haben die das rausbekommen, dass es dieser Felix war?«

»Ausschlussverfahren. Wer hat die Kenntnisse für diesen Unfug? Es kamen da nicht viele in Betracht. Beweisen ließ sich das nicht. Die Schulleitung sprach eine Verwarnung gegen Unbekannt aus. Einen Feuerwehreinsatz hatte es nicht gegeben. Vor allem bestand kein Interesse daran, dass die Presse davon Wind bekommt. Diese Art von Publicity galt es doch lieber zu vermeiden.«

»Und woher weißt du, dass er es war?«

»Außenseiter unter sich«, sagt sie nur und grinst wissend.

»Aber das war´s auch schon mit den lustigen Anekdoten, was das Leben in einem Internat angeht«, erklärt sie.

Oliver hat noch einen Termin bei seinem Physiotherapeuten und setzt Yara auf dem Weg dorthin am Hospiz ab.

In der Küche geht es wieder lebhaft zu und da Yara nichts zu tun hat, fragt sie in die Runde, wie sie sich nützlich machen kann. Heute ist eine andere Frau für die Gäste zuständig und die kommt gleich freundlich auf sie zu.

»Hallo, ich bin die Hildegard«, stellt sie sich vor »Und wer bist du?«

Yara nennt ihren Namen und erklärt, dass sie Ferien hat und Tamira besuchen kommt. Die ist aber gerade nicht in ihrem Zimmer. Die Frau freut sich über die angebotene Hilfe und drückt Yara gleich ein Messer in die Hand, womit sie beim Gemüseputzen helfen kann. Die Stimmung im Raum ist wie so oft herzlich und zugewandt. Yara fragt sich, wie das möglich ist. Ausgerechnet an einem Ort, an dem so viel Verlust und Schmerz verarbeitet werden muss, gehen die Menschen so achtsam miteinander um. Aber vielleicht gerade deshalb? Hildegard ist hier schon seit der Eröffnung des Hospizes mit im Team. Sie hat in dieser Zeit viele Gäste begleitet. Beim Kommen und beim Gehen. Yara fragt leise, damit keiner der anderen ihre Frage missversteht, ob es nicht belastend ist, das Schicksal dieser Familien so hautnah mitzuerleben.

»Ja, das ist es«, erklärt Hildegard, »doch es ist, wie es ist, und nur, weil man nicht hinsieht, wird sich die Welt nicht verbessern.« Sie ist heute dankbarer für ihr Leben und das ihrer gesunden Kinder, daher gibt sie gerne etwas zurück. Nachdenklich zerkleinert Yara weiter das Gemüse und muss dabei die ganze Zeit an Tamira denken. Und sie fragt sich; ist das denn wirklich genug?

Hildegard spürt Yaras Konflikt und hält mit ihrer Arbeit inne. »Was wir hier geben können, ist Zeit und Liebe«, erklärt sie in einem sanften Ton. »Es hilft niemandem, wenn du dich mit einem schlechten Gewissen plagst, weil du ein längeres Leben hast. Wir alle sind nur kurz Gast auf dieser Erde.«

»Aber ...« Yara versagt die Stimme. Hildegard legt ihre Hände auf Yaras Schultern und dreht sie zu sich herum. Liebevoll schaut sie dann in diese unendlich traurigen Augen.

»Du bist ein liebes Mädchen«, sagt Hildegard sanft und nimmt Yara in die Arme. Und obwohl sie diese Frau gar nicht kennt und gerade alle Augen im Raum auf sie gerichtet sind, kann sich Yara in diese Umarmung fallen lassen. Sie sehnt sich so sehr nach Halt und Wärme. Sanft klopft die Frau ihr den Rücken und versucht, sie zu trösten.

Laura kommt in die Küche, als sich Yara gerade aus Hildegards Armen löst und sie wechseln einen warmherzigen Blick. »Wir sind wieder da«, sagt Laura und schaut suchend nach einer freien Kaffeetasse.

»Ist Tamira auf ihrem Zimmer?«, fragt Yara.

»Ja, und sie ist schon ganz gespannt, was du zu ihrem neuen Kleid sagst, dass ihr die Oma geschickt hat.«

Seit die Lungenentzündung abgeklungen ist, geht es Tamira tatsächlich besser. Sie ist für kurze Phasen wieder richtig wach und als sie Yara durch die Tür lugen sieht, strahlt sie. Tamira erzählt, dass sie ein Päckchen bekommen hat und zeigt voller

Stolz auf ein blaugeblümtes Sommerkleidchen, das auf einem Bügel am Kleiderschrank hängt. Das mag einem Kind in dem Alter normalerweise passen, doch Tamira ist es viel zu groß. Das sieht Yara sofort, sagt aber nichts und freut sich mit ihr. Auf Tamiras Bitten hin liest sie ihr einen Brief vor, den die Oma mit in das Paket gelegt hatte.

»Wie oft hat dir deine Mama diese Zeilen heute schon vorgelesen?«, fragt Yara und lächelt.

»Noch nicht oft genug«, erklärt Tamira. Und Yara liest weiter, bis die Kleine mit einem zufriedenen Gesichtsausdruck eingeschlafen ist.

Gedankenverloren läuft sie durch den Flur und schaut kurz bei Ben und Lukas vorbei, die sich im TV-Zimmer einen Fantasyfilm ansehen. »Hi«, sagt Yara und wartet, ob die zwei sich von den Geschehnissen des Films ablenken lassen. Keine Chance, die schauen nicht mal hoch, die Pfeifen. Sie will es später nochmal versuchen, doch erst mal braucht sie was zu trinken. Die Zimmer sind alle gut beheizt, da es den geschwächten Kindern schnell zu kühl werden könnte. Für ihren Bedarf sind die Räume allerdings zu hoch temperiert und sie hat ständig Durst. Alles hier ist ihr schon so vertraut, doch als sie die Tür zur Küche öffnet, trifft sie fast der Schlag. Ihre Mutter ist hier. Sie sitzt am Tisch, gemeinsam mit Hildegard und beide scheinen sich freundlich miteinander zu unterhalten. Yara ringt um Fassung und verliert von einem Moment zum anderen alle Farbe aus dem Gesicht. Hildegard missversteht die Situation und steht auf, um sie in den Arm zu nehmen.

»Ist Tamira ...?«

»Nein«, unterbricht Yara sie mit unbeabsichtigt frostiger Stimme. Dann bemerkt jeder im Raum einen atmosphärischen Temperatursturz.

»Was machst du hier?«, fragt sie ihre Mutter.

»Ich«, beginnt ihre Mutter zögerlich, »möchte meiner Tochter zum siebzehnten Geburtstag gratulieren. Und außerdem wüsste ich gerne, wie es dir geht, nach dem Anruf heute Morgen.« Hildegard erfasst die Situation jetzt richtig und erkennt, dass da ganz dicke Luft zwischen Mutter und Tochter herrscht. Sie schlägt den beiden vor, ihr Gespräch in einem der Warteräume für Angehörige weiterzuführen. Das Angebot nimmt Yara gerne an, denn sie will auf keinen Fall, dass ihre Mutter laut kundtut, was sie von dieser Sache hier hält. Sie rechnet mit einer Szene und überflüssigen Fragen, was das alles hier soll. Und wie sie darauf kommt, sich in Dinge einzumischen, die sie nichts angehen? Mit innerlich geballten Fäusten geht Yara in ein Nebenzimmer voraus. Der Raum ist gemütlich eingerichtet, doch das ändert nichts an dem Frust, der in ihr herrscht. Sie setzt sich erst gar nicht, obwohl Hildegard es nicht lassen kann und frischen Tee und Kekse auf den Tisch stellt. Nachdem sie den Raum wieder verlassen hat, kann Yara nicht mehr an sich halten.

»Du willst wissen, wie es mir geht? Gut, es geht mir ausgezeichnet. Wenn du dich hierherbemüht hast, um dich davon zu überzeugen, kannst du ja jetzt wieder abfahren.« Sie spürt, wie ihre Kehle immer trockener wird.

»Ich möchte verstehen, was du hier tust«, erwidert ihre Mutter, doch davon will Yara gar nichts hören. Sie hält sich die Ohren zu.

»Du interessiert dich seit Jahren nicht mehr für das, was ich denke oder brauche. Du musst nicht jetzt, nicht heute damit anfangen. Ich lasse mir das hier nicht von dir kaputt machen, verstehst du?«

»Yara, du bist noch nicht volljährig, und ...«

»Ich scheiß auf volljährig«, schmettert Yara. »Verschwinde einfach und lass mich in Ruhe. Wie du siehst, gibt es hier keine Drogen. Nur sterbende Menschen. Also darfst du beruhigt weiter das machen, was du am besten kannst. Geh shoppen und gib die Kohle meines Vaters aus.«

»Er ist nicht dein Vater«, hört sie ihre Mutter sagen.

Ganz langsam dreht sich Yara um. Sie zeigt keine Reaktion, starrt ihre Ma nur an und überlegt, ob das ein Test sein soll.

»Was hast du da gerade gesagt?«, fragt sie dann doch.

»Ich muss ein paar Dinge klarstellen und dafür musst du mir zuhören.« Yara sieht Tränen im Gesicht ihrer Mutter. Sie hat sie noch nie weinen sehen. In ihrem ganzen Leben hat sie nie erlebt, dass ihre Mutter die Fassung verliert. Immer gut vorbereitet sein, ist ihre Devise. Doch jetzt kommt etwas zu Tage, mit dem Yara niemals gerechnet hat.

»Dein Vater ist nicht dein leiblicher Vater«, erklärt ihre Mutter. »Die meisten Geschichten, die du aus meiner Vergangenheit zu kennen glaubst, stimmen nicht. Ich hatte kein wohlhabendes Zuhause, kam im Gegenteil aus sehr einfachen Verhältnissen.«

»Moment mal«, unterbricht Yara sie. »Erzählst du mir gerade, dass ich mein ganzes Leben lang nur Lügen von dir aufgetischt bekommen habe? Dass ihr mich seid meiner Geburt nur verarscht?« Sie ist außer sich. Wer sagt denn, dass die Tränen ihrer Mutter jetzt echt sind? Ist das alles nur eine weitere Maskerade?

»Gib mir bitte eine Chance, es zu erklären«, versucht es ihre Ma erneut. »Ich habe mich immer geschämt für meine Herkunft und hätte alles dafür getan, aus diesen Verhältnissen entkommen.« Sie hält sich plötzlich die Hände vors Gesicht und weint bitterlich. Doch dann strafft sie ihren Rücken und spricht weiter, ohne Yara dabei anzusehen.

»Ich habe damals in einem Hotel gejobbt und dort deinen Vater kennengelernt. Er bewohnte als Gast des Hauses eine kleine Suite. Ich sah ansprechend aus und als er mich für den Abend zum Essen einlud, dachte ich zuerst, dass er nur mit mir ins Bett wollte. Aber er war sehr charmant und brachte mich nach der Verabredung zurück zum Hotel. Wir trafen uns regelmäßig, wenn er in der Stadt zutun hatte und es störte ihn gar nicht, dass ich nicht standesgemäß war.

Als er sich für mich entschied, dachte ich, das große Los gezogen zu haben. Ab diesem Zeitpunkt war ich finanziell abgesichert. Hatte Geld genug, um meine Vergangenheit hinter mir zu lassen. Ich habe es genossen, reich zu sein, das gebe ich zu. Nie wieder wolle ich mich demütigen lassen. Nie wieder Blicke auf mir spüren, mit denen mich früher die Nachbarn betrachtet haben, weil mein Vater wieder mal betrunken randaliert hatte.«

»Und dafür hast du dich verkauft?«, fragt Yara entsetzt.

»Ja, wenn du es so ausdrücken willst. Leider verlief unsere Ehe trotzdem nicht glücklich. Dein Vater hat deutlich klargestellt, dass in seiner Lebensplanung keine Kinder vorgesehen sind. Was er mir nicht mitteilte, war die Tatsache, dass er zeugungsunfähig ist. Wochenlang war ich allein, wenn er auf Geschäftsreisen unterwegs war. Dass er es mit der Treue nicht ernst nahm, wurde mir regelmäßig durch Rechnungen der gebuchten Doppelzimmer präsentiert. Bei einer Vernissage lernte ich dann einen anderen Mann kennen. Einen dänischen Physiker, der Gastdozent bei einer Veranstaltung für Bachelorstudenten war. Er hielt einen Vortrag in der Grundlagenforschung. Eine meiner Freundinnen hatte ihn für den Abend eingeladen und wir trafen uns bei einem gemeinsamen Essen.«

»Stopp!«, ruft Yara. »Ich will das nicht hören. Hör auf, mir das alles so zu verkaufen, als seist du das Opfer. Ich hasse euch. Du hättest mich besser abgetrieben«, entfährt es ihr und sie rennt aus dem Zimmer. Sie schnappt sich ihre Jacke und verlässt das Gebäude. Bloß weg von hier, denkt sie aufgebracht. Wie konnte ihre Mutter das tun? Nichts in Yaras Leben war echt. Sie ist ein Bastard aus irgendeinem One-Night-Stand. Dass ihr Vater nicht ihr Erzeuger ist, trifft sie weniger, als dass ihre Mutter ihr nie die Wahrheit über ihre Familie erzählt hat. »Tom, wo bist du«, schluchzt sie ins Telefon.

»Tamira?«, fragt er nur.

»Nein, es geht um mein verficktes Leben«, keucht sie, denn sie rennt noch immer, um möglichst viel Distanz zu ihrer Mutter zu schaffen.

»Wo bist du, Yara?«, fragt er besorgt. »Bitte, bleib jetzt stehen und sag mir genau, wo du bist!« Sie hält inne und beschreibt ihm, wo sie sich aufhält.

»Gib mir zehn Minuten«, sagt er nur.

Aufgebracht schlägt sie die Arme um Tom, der sie in einem anliegenden Park unter einem Baum sitzend antrifft. Sie erzählt von dem Schock, ihre Mutter im Hospiz anzutreffen und von dem, was sie erfahren hat. Tom hält ihre Hand und hört ihr aufmerksam zu.

»Irgendwie passt das ja alles zu dem Gefühl, was du beschrieben hast«, stellt er dann fest. »Ich meine, nicht dazuzugehören, und sich nicht angenommen fühlen.«

»Ja, meine Familie ist ein Fake«, stellt Yara mit eisiger Stimme fest.

»Wenn ich mir vorstelle, in so einer Familie aufzuwachsen, wie deine Mutter ihre beschreibt ...«

»Was dann?«, fragt Yara provoziert. »Dann hast du das Recht, alle um dich herum zu belügen?«

»Hast du das Recht, dir ein besseres Leben zu wünschen«, beschwichtigt er. »Und das heißt nicht, dass es in Ordnung ist, wie sich deine Eltern verhalten haben.« Yara atmet aus.

»Ich bin so enttäuscht«, erklärt sie traurig. »Warum hat sie das gemacht? Warum hat sie nie mit mir gesprochen?«

»Frag sie das, Yara.«

»Nee, ich will sie nicht sehen.« Tom seufzt laut.

»Du hast das doch immer gespürt, dass es eine Fassade ist, hinter der sich deine Mutter versteckt. Willst du nicht wissen, wer sie wirklich ist?«

»Ja schon, aber ich weiß nicht, ob mir das Ergebnis gefallen wird.« Tom lacht leise.

»Woher wusste deine Mutter, dass du hier bist?« Sie schmiegt sich an ihn und verrät, dass sie Geburtstag hat.

»Ich hatte sie angerufen, um ihr zuvorzukommen. Diese Geschichte mit der Klassenfahrt weiter zu spinnen, fühlt sich so falsch an, als würde ich Tamira verleugnen. Das geht nicht mehr. Sie ist mir zu wichtig. Ich habe meiner Mutter dann mitgeteilt, wo ich mich aufhalte. Damit, dass sie hier auftaucht, habe ich nicht gerechnet.«

Die nächsten Stunden verbringen Tom und Yara Hand in Hand bei einem langen Spaziergang an der Spree. Yara muss die Neuigkeiten sacken lassen und ist nur froh, Tom an der Seite zu haben. Da sie beim Verlassen des Hospizes ihre Tasche liegen gelassen hatte, gehen sie zurück und begegnen Hildegard im Eingang. Die übergibt Yara die Visitenkarte eines Berliner Hotels, indem sich ihre Mutter einquartiert hat.

»Hat sie noch was gesagt?«, fragt Yara.

»Nein, aber sie schien mir sehr traurig«, erklärt Hildegard mitfühlend.

»Vielleicht rufst du sie an?«, rät ihr Tom.

»Ganz bestimmt nicht«, erwidert Yara. »Die hat mich im Internat versauern lassen und sich kein Stück dafür interessiert, wie es mir geht. Und jetzt soll ich ihr hinterherlaufen?«

»Du bist verletzt, das ist verständlich. Aber wie du schon selbst gesagt hast, warst du ein Querkopf und hast es deinen Eltern nicht leicht gemacht. Fest steht, deine Mutter hätte eher den Mut aufbringen müssen, mit dir zu reden. Offensichtlich ist sie ein schwächerer Mensch, als du es geglaubt hast.«

»Jaaa, ich weiß«. Yara ist genervt und fühlt sich von Tom gemaßregelt. »Insel des Verzeihens, da ist sie wieder.« Tom grinst blöd.

»Ich habe Hunger«, stellt er fest. »Um die Ecke gibt es einen guten Burgerladen, lass uns da was essen«, schlägt er vor.

Nach einem wirklich guten Burger und einem halben Liter Cola geht es Yara besser. »Das Koffein befriedet meine Nerven«, stellt sie fest.

»Wirst du zurückgehen ins Internat?«, reißt Tom sie aus ihren Gedanken.

»Wie kommst du da jetzt darauf?«

»Na, ich denke, sie werden dich mit deinem neuen Wissen, doch sicher mehr selber entscheiden lassen?«

»Nächstes Jahr sind die Abiprüfungen, aber am liebsten würde ich alles hinschmeißen«, erklärt Yara.

»Mal angenommen«, fantasiert Tom laut vor sich hin, »dein Vater würde dir das Internat weiter finanzieren, was er ja in der gegebenen Situation nicht unbedingt muss, jetzt wo du weißt, dass er nicht dein Erzeuger ist. Und du ziehst das mit dem Abi durch, dann könnten wir, sagen wir, heute in einem Jahr, gemeinsam auf Reisen gehen. Ich habe vor, ein Semester im Ausland zu studieren. Peru oder Australien? Koalabären füttern«, setzt er verschmitzt nach. Yaras Herz trommelt vor Aufregung. Sie legt ihren Burger ab und läuft um den Stehtisch herum.

»Tom ich ... Ich freu mich so. Du meinst das wirklich ernst mit uns, oder?« Er berührt zärtlich ihren Mund mit seinen Lippen.

»Es ist wichtig, dass du herausfindest, was du dir wünscht.«

Am frühen Abend meldet sich Yara bei ihrer Mutter, um ein Treffen zu verabreden. Durch Toms Worte ist ihr klar geworden, dass sie jetzt selber nach Perspektiven für ihr Leben suchen darf. Und sie will dieses Gespräch hinter sich bringen. Wie es dann weiter geht, muss sich zeigen. Sie vereinbaren, sich in zwei Stunden in der Lobby des Hotels zu treffen. Bis dahin zieht sich Yara in den Park hinter der Hospizanlage zurück und denkt über ihr bisheriges Leben nach. Wann hatte es angefangen, dieses Gefühl, fremd zu sein in ihrer eigenen Familie? War sie je gewollt? Wenigstens von ihrer Ma? Immerhin wurde sie nie geschlagen. Körperlich nicht. Nur abgewiesen, beschimpft, für falsch erklärt. Ist das nicht auch eine Form von Gewalt? Sie hat sich auf ihre Art dagegen aufgelehnt. Mit Trotz und Rebellion. Das war doch ihr gutes Recht, oder? Sie fühlte sich oft vernachlässigt und allein gelassen und ihre Gedanken kreisen. Egal, was sie mir gleich für Geschichten auftischen wird, sie hatte kein Recht, mich mein ganzes bisheriges Leben zu belügen. Womöglich ist sie aus Langeweile mit diesem Typen ins Bett gestiegen und ich bin das Ergebnis ihres Egotrips. Nicht mal eine Adresse hat sie von ihm? Yara Berger, das Zufallsprodukt eines One-Night-Stands nach einer Vernissage. Na toll. Nur, um ihren Wohlstand zu pflegen, hat sie mich verraten. Statt zu mir zu stehen, waren ihr teure Klamotten wichtiger. Und mein Vater, was nicht mein Erzeuger ist, hat das perfide Spiel mitgespielt. Muss ich jetzt Mitleid mit ihm haben? Ganz sicher nicht. Solange ich das Goldpüppchen gespielt habe, war er ja zufrieden in seiner Rolle. Noch ein Jahr, dann bin ich volljährig und die sehen mich nie wieder.

Es ist nicht viel los in der Hotellobby. Der Oberkellner weist ihnen einen Platz an einem der hinteren Bistrotische zu und sie bestellen sich Pfefferminztee. Eine kleine Gemeinsamkeit, die sie miteinander teilen, das Teetrinken. Yara vermeidet den Blickkontakt mit ihrer Mutter. Die soll nicht glauben, dass das hier das große Versöhnungsgespräch wird.

»Ich habe mir immer Kinder gewünscht«, kommt ihre Ma gleich zur Sache. »Aber es klappte nicht. Meine Gynäkologin konnte keinen Grund dafür feststellen. Und dann wurde ich von einem Mann schwanger, den ich kaum kannte und der schon verheiratet war. So gerne ich dir was anderes sagen würde, aber es ist die Wahrheit.«

»Warum jetzt?«, will Yara wissen. »Warum kommst du ausgerechnet jetzt hierher und klärst mich über dein verlogenes Leben auf?«

»Als heute Morgen dein Anruf kam, wusste ich, dass es Zeit für die Wahrheit ist. Du bist so ganz anders als ich. Mutiger und stärker. Du verrätst nicht, was dir wichtig ist. Es tut mir alles sehr leid und ich weiß, ich kann es nicht wieder gut machen, aber es ist an der Zeit, die Dinge richtigzustellen. Bevor ...«

»Bevor was?«

»Ich werde mich von ihm trennen. Mein Herz hat das schon lange getan.« Da Yara darauf nichts sagt, spricht ihre Mutter weiter. »Als ich ihm mitteilte, dass ich ein Kind erwarte, konfrontierte er mich mit der Tatsache, dass es nicht von ihm sein kann, weil er zeugungsunfähig ist. Es gab einen Riesenkrach, doch er freundete sich mit dem Gedanken an, ein Kind zu haben. Es sieht besser aus, bei den Geschäftspartnern, wenn man eine komplette Familie vorzeigt.«

Yara muss immer wieder schlucken. Wie perfide das alles ist. Dem Impuls, wegzulaufen, will sie nicht nachgeben. Sie wird das jetzt hinter sich bringen. »Weiß er, dass du hier bist?«

»Nein, das würde er nicht verstehen. Er ist mit seiner Sekretärin in Spanien. Geschäftlich natürlich«, schiebt sie nach und lächelt traurig. Yara räuspert sich.

»Was ist damals mit deiner Schwester passiert?«

»Dorothea kam mit einem Herzfehler zur Welt. Sie hätte viel mehr Fürsorge gebraucht, aber meine Mutter war mit der Versorgung eines schwerkranken Kindes und einem Alkoholiker als Ehemann überfordert.« Yara schüttelt ungläubig den Kopf. In welchem Sumpf ist ihre Mutter großgeworden.

»War´s das dann?«, fragt sie. Ihre Mutter hält den Atem an. Sie sucht nach den richtigen Worten.

»Denkst du, wir haben eine Chance?«, fragt sie zögerlich.

»Eine Chance worauf? Auf eine warmherzige Mutter-Tochter-Beziehung? Auf respektvollen Umgang miteinander? Vielleicht fragst du mich das in einem Jahr? Im Moment bin ich zu wütend, um mit meiner verkackten Kindheit abzuschließen. Ich hatte immer das Gefühl, dass mit unserer Familie etwas nicht stimmt. Nun liegt die Wahrheit auf dem Tisch.«

Ist es wirklich erst eine Woche her, dass sie sich von zu Hause weggestohlen hat?

Tom wartet vor dem Hotel auf sie. Yara ist aufgewühlt von dem Gespräch. Es gibt immer verschiedene Wahrheiten, hat Oliver kürzlich gesagt. Aber wer hat sich je für Ihre interessiert? Eiskalt war ihre Mutter all die Jahre über ihre Bedürfnisse hinweggegangen. Nur die Fassade zählte. Sie sollte sich gefälligst benehmen, gute Noten nach Hause bringen und vor allem nicht auffallen. Als Vorzeigetochter zu glänzen, dagegen hatte sie sich aufgelehnt. Und doch war sie in einer Luftblase gefangen, die jetzt geplatzt ist.

Peng. Das war´s mit der gefakten heilen Welt. Ihre Mutter ist in asozialen Verhältnissen aufgewachsen. Das war sicher schlimm. Aber rechtfertigt das, was sie getan hat?

Tom hört sich an, was Yara zu sagen hat und kommentiert es nicht. Erst, als sie wieder in der U-Bahn sitzen, fragt er:

»Und, wie möchtest du den heutigen Abend verbringen?«

»Mit Leuten, die mir gerade näher sind als meine Eltern«, sagt sie. Und so kaufen sie auf dem Rückweg Getränke ein. In der Wohnung angekommen, gönnt sich sie sich erstmal eine heiße Dusche. Das hilft ihr, einen klaren Kopf zu bekommen. Danach sucht sie ihr Handy aus ihrer Tasche und sieht, dass ihr Vater versucht hat, sie zu erreichen. Er hat eine Nachricht auf den AB gesprochen. Böse gesagt, ist es väterliches Pflichtgesülze. Seine Tochter hat Geburtstag, da gehört es sich, dass man gratuliert. Mehr hat es nicht zu bedeuten, denkt Yara. Er weiß ja nicht, dass sie inzwischen die Wahrheit kennt. Ob er eine andere Version zu der Geschichte ihrer Zeugung hat?, fragt sie sich. Mit welchem Recht glauben Eltern, über ihre Kinder verfügen zu dürfen?

Gibt es nicht Menschenrechtskonventionen, die das verbieten? Ja, sie hat es diesem Mann nicht leicht gemacht, sie zu lieben. Aber ein Kind anzunehmen, nur um vor Geschäftspartnern eine Fakefamilie vorzeigen zu können? Wie abgefahren ist das? Ein Märchen, das ihre Mutter erfunden hat, damit sie weiter ihre eigene Familie leugnen kann. Mit dem Wissen, dass ihre Tochter ein Kuckucksei ist. Yara will niemals heiraten, so viel steht fest.

Und dann lugt Tom durch die Tür und ihr Herz pocht wie wild. Aber es macht ihr keine Angst mehr. Sie schiebt ihren Vorsatz in irgendein Hinterstübchen, ihres überforderten Hirns.

Gemeinsam mit Oliver sitzen sie am Tisch in der Küche und schneiden Gemüse, passend zu einem Dip, den Andys Freundin zu der kleinen Feier in zwei Stunden mitbringen will. Yara gibt sich locker, doch insgeheim beschäftigt sie das Gespräch mit ihrer Mutter. Ihre Ma hat sich so viele Jahre abgelenkt im Kaufrausch. Aber glücklich war sie nie. Sonst hätte Yara sie ja irgendwann mal lachen gehört. Sie hat sie nie ausgelassen erlebt. Sie hat nicht mal geweint.

Stattdessen hat sie sich hinter einer Fassade aus Markenklamotten verkrochen und immer mit der Angst gelebt, jemand könnte daran kratzen. Dabei hat es von ganz alleine angefangen zu bröckeln.

Tom und Oliver haben längst bemerkt, dass Yara mit den Gedanken abwesend ist. »Kennst du diesen idiotischen Spruch: Es ist nie zu spät, für eine glückliche Kindheit?«, wirft Oliver ein, um mit ihr ins Gespräch zu kommen.

»Willst du mich verarschen oder therapieren«, fragt Yara gereizt.

»Nee, will dich nur kurz hierher zurückholen«, antwortet er. Aber er bleibt ernst in seinem Ausdruck. Yara schmeißt ihr Messer auf den Tisch und läuft aus dem Zimmer. Sie setzt sich mit gekreuzten

Armen auf Toms Bett und bebt vor Zorn.

Tom läuft ihr hinterher und setzt sich neben sie.

»Er hat das nicht wörtlich gemeint«, erklärt er.

»Doch, hat er.« Yara ist gekränkt. Sie findet, sie hat das Recht, wütend zu sein.

»Ich frage mich, wer von uns beiden eigentlich unglücklicher war. Ich oder meine Ma. Eine glückliche Kindheit lässt sich da jedenfalls nicht draus basteln«, erklärt sie.

Tom zieht ein, in rotes Samtpapier eingepackte, kleine Schachtel aus der Tasche. Ohne Kommentar legt er sie auf Yaras Knie und lächelt sie an.

»Ist das für mich?«, fragt sie überrascht.

»Alles Liebe zum Geburtstag«, sagt er nur.

Dass sie ein richtiges Geschenk bekommen hat, ist schon eine Weile her. Sie hat sich bislang zu ihrem Geburtstag ja auch immer Kohle gewünscht, um das Risiko, enttäuscht zu werden, klein zu halten. Sie klatscht vor Freude in die Hände und reibt sie dann aneinander. Vorsichtig nimmt sie das kleine, so liebevoll eingewickelte Päckchen in die Hand. Als sei es so zerbrechlich, wie ihre Seele sich gerade anfühlt.

»Pack´s aus«, drängt Tom. Yara atmet tief ein und trennt das Papier behutsam von der Schachtel. Jede Sekunde will sie genießen. Und dann hebt sie den Deckel und erblickt einen wunderschönen Anhänger an einer silbernen Kette. Es ist ein Buchstabe, ein T, eingepflegt in einem halben Herz. Tom zeigt ihr den in ein Taschentuch eingewickelten zweiten Anhänger mit dem Buchstaben Y. Wenn sie beide Herzteile aneinandergehalten, ergibt sich ein Ganzes. Genau auf der Schnittstelle ist bei Yaras Anhänger ein kleiner Brillant eingearbeitet, der zauberhaft funkelt.

»Ich möchte, dass du mich nicht vergisst«, stellt Tom klar und legt Yara das Kettchen um den Hals. Und sie hilft ihm beim Anlegen seines Anhängers bevor sie sich im Spiegel betrachten. Yara weiß nicht, was sie sagen soll.

»Es ist auf jeden Fall nie zu spät, glücklich zu werden«, sagt sie und kuschelt sich in Toms Arme Dieses Geschenk ist doch ein Zeichen, dass Tom mit ihr zusammenbleiben möchte, auch wenn sie sich bald verabschieden muss, um ihre Dinge zu Hause zu regeln.

Mit Wein und guter Stimmung stoßen alle auf Yaras Geburtstag an. Sie kann sich nicht daran erinnern, sich je so leicht gefühlt zu haben. Andys Freundin ist da und obwohl er ihr immer noch suspekt erscheint, findet sie Pia gleich sympathisch. Sie ist klein, zierlich und voller Lebensenergie. Die lustigen Anekdoten, die sie von der Uni zum Besten gibt, tragen zu einer lockeren Stimmung bei. Ihre gut betuchten Eltern finanzieren ihr neben dem Studium auch eine eigene Wohnung. Aber Pia ist ganz normal. Sie protz nicht rum, nur weil sie aus einem wohlhabenden Elternhaus kommt. Und sie wurde zu nichts gedrängt. Sie konnte sich frei entscheiden, welchen Weg sie einschlagen will.

Alle sind hungrig und Yara schiebt gerade die ersten Burger in den Ofen, als es an der Tür klingelt. Sie weiß, wer es ist und schlagartig überkommt sie ein mulmiges Gefühl. Nach dem Gespräch mit ihrer Mutter war sie nur wütend. Sie wollte ihre Ma nicht wiedersehen und auf keinen Fall so tun, als wäre alles verziehen und vergessen. Aber dann dachte sie daran, wie es sich anfühlt, ausgeschlossen zu sein. Damit kennt sie sich gut aus. Dass ihre Mutter allein und womöglich traurig, in diesem Hotelzimmer sitzt, sieht sie nicht als Genugtuung. Sie möchte, dass sich etwas ändert. Rächen will sie sich nicht. Sie hat mit Tom und Oliver darüber gesprochen. Ihre Ma soll die Menschen, denen ihre Tochter vertraut, kennen lernen. Vielleicht kapiert sie dann, dass sie zukünftig ihre eigenen Entscheidungen treffen wird und lässt sie in Ruhe. Da ihre Mutter überrascht auf ihre Einladung reagierte, hat sie insgeheim nicht damit gerechnet, dass sie auftaucht. Sie kennt keine Leute, die Burger mögen. Und mit den Fingern essen ist niveaulos. Aber jetzt steht sie eben doch vor der Tür und hält etwas unbeholfen ein Päckchen in der Hand. Sie reicht es Yara rüber, ohne sich von der Stelle zu rühren. Eine Nebelwand von unausgesprochenen Worten liegt zwischen ihnen, die sich auflöst, als Yara eine ihr vertraute Stimme hinter sich hört.

»Hallo, ich bin Tom.« Mit dem dass er ihrer Mutter die Hand reicht, zieht er sie sanft in die Wohnung. Er nimmt ihr die Jacke ab und Yara geht voraus in die Küche, wo alle anderen neugierig hochschauen, um zu sehen, wer da gekommen ist. Mutter und Tochter stehen für einen Moment schweigend im Eingang, bis Oliver sich unbeholfen aus seinem Rollstuhl erhebt. Er steht, kann sich aber nicht auf die Frau zubewegen, die verlegen in die Runde schaut. Yaras Mutter versteht die Geste und geht lächelnd auf ihn zu. Er reicht ihr die Hand:

»Ich bin Olli«, sagt er.

Alle Augen sind für einen Moment auf Oliver gerichtet und Tom nimmt still Yaras Hand, um seine Freude mit ihr zu teilen. Sie sieht sein Strahlen aus den Augenwinkeln.

Haben die Ereignisse, mit denen sich Yara auseinandersetzen muss, Einfluss auf Oliver? Dass er sich mit ‚Olli' vorstellt, kann nur bedeuten, dass auch er mit etwas abschließen will. Yara kann ihrer Mutter nicht verzeihen. Die Konsequenzen für ihr Leben waren zu krass. So viele Jahre, in denen sie abgeschoben und ausgegrenzt wurde, weil sie in Wirklichkeit das Kind irgendeiner Zufallsbekanntschaft ist. Ihre Mutter zeigt an diesem Abend eine andere Facette von sich. Verblüfft nimmt Yara zur Kenntnis, dass sie Wein aus dem Supermarkt trinkt, den sie normalerweise nach dem ersten Schluck mit dem Prädikat »saures Abwasser« betiteln und nicht mehr angerührten würde. Sie isst sogar einen Burger und wie es scheint, mit Genuss. Ist jetzt wirklich Schluss mit der Maskerade?, fragt sich Yara. Tom sucht immer wieder den Blickkontakt zu ihr, wenn sie in Grübelei abdriftet.

*

»Was für ein Abend«, stellt Yara fest, als sie spät in der Nacht an Tom gekuschelt in seinem Bett liegt. Diese lockere, befreite Seite hat sie nie bemerkt an ihrer Mutter. Wo war dieser Teil von ihr in all den Jahren? Sie hat gelacht und war so ausgelassen. Yara ist misstrauisch, ob das nicht einfach nur eine andere Rolle ist, in die ihre Mutter da schlüpft. Wer diese Frau ist, weiß sie doch eigentlich gar nicht. Aber sie fühlt sich irgendwie erlöst. Sie kennt nun die Hintergründe ihrer Geburt. Auf der Insel des Verzeihens ist sie noch nicht angekommen, denn sie ist enttäuscht und verletzt. Jetzt genießt sie die Nähe von Tom und will heute Nacht nichts anderes.

Am nächsten Morgen wacht Yara mir einem flauen Gefühl im Magen auf. Wird ihre Mutter sie zwingen, mit ihr zurück nach Kiel zu fahren? Die Vorstellung, Tamira jetzt verlassen zu müssen, bereitet ihr körperlichen Schmerz. Sie entscheidet sich, erstmal ins Hospiz zu fahren und mit Laura über die Situation zu sprechen. Bei einem gemeinsamen Frühstück mit ihr erfährt sie, dass der Arzt empfiehlt, Tamiras Vater jetzt mit einzubeziehen.

»Bringst du das fertig, nachdem er euch wegen einer anderen Frau verlassen hat?«, will Yara wissen.

»Tamira liebt ihren Papa. Daran hat sich durch unsere Trennung nichts geändert«, erklärt Laura. »Auch wenn er mich verletzt hat, werde ich ihn nicht von seiner Tochter fernhalten. Im Gegenteil, ich kann jede Unterstützung gebrauchen.«

Kurz nach Mittag sieht Yara dann einen Mann gedankenverloren im Flur stehen und weiß sofort, wer das ist. Einen Moment lang überlegt sie, ihn anzusprechen, traut sich aber nicht. Er hat Tamira wehgetan, indem er sie alleingelassen hat. Das reicht, um ihn zur Hölle zu wünschen. Und das möchte sie ihm am liebsten an den Kopf werfen.

Laura winkt ihr zu und sie gehen zu dritt in Tamiras Zimmer. Yara schaut dem Mann ins Gesicht und kann dann doch nicht wütend sein. Hat er nicht seine Frau und sein Kind zurückgelassen, mit all den Sorgen und Ängsten in den letzten Monaten? Doch er steht zusammengesunken vor dem Bett seines Kindes und wirkt selber so krank, verletzlich und elend. Dunkle Ränder unter seinen Augen lassen erahnen, dass er lange nicht geschlafen hat und nicht weiß, was er tun soll. Hilfesuchend greift er nach Lauras Hand, als könnte er sich an ihr festhalten. Die lässt es zu und schenkt ihm sogar einen mitfühlenden Blick. Yara setzt leise einen zweiten Stuhl neben das Bett und wendet sich zur Tür, um das Zimmer wieder zu verlassen. Sie denkt, nicht dazuzugehören, nicht jetzt. Doch Laura bittet sie, zu bleiben.

»Für Tamira gehörst du zur Familie«, sagt sie leise. »Aber wenn es dir zu viel wird, dann kannst du natürlich gehen, nur …«

»Ist schon gut«, flüstert Yara und bleibt. Als Tamira aufwacht, ist sie überglücklich, ihren Papa zu sehen. Jetzt scheint er endlich etwas tun zu können und erwacht aus seiner Starre. Zärtlich nimmt er seine Tochter in den Arm. Yara verlässt dann doch leise das Zimmer, damit diese kleine Familie für sich sein kann.

Verabschiedung

Sie steht vor Bens Tür, doch da sie nicht weiß, wie ihm heute zumute ist, atmet sie erst einmal tief durch. Sie klopft leise an und ruft gleichzeitig: »Ich bin´s, Yara, darf ich reinkommen?« Eine ganze Weile hört sie nur die Hintergrundgeräusche seiner Spielkonsole und gerade, als sie sich entscheidet, ihn besser in Ruhe zu lassen, öffnet sich die Tür einen Spalt.

Ben sitzt in seinem Rollstuhl, sagt kein Wort und dreht sich sofort wieder in sein Zimmer. Er fährt zu seinem PC, um gleich hinter einer Spielekonsole zu verschwinden.

»Störe ich?«, fragt Yara verunsichert.

»Nee«, bekommt sie eine einsilbige Antwort. Sie läuft Ben hinterher, setzt sich auf die Kante seines Bettes und wartet ab. Nur einen Augenblick schaut Ben sie über seinen Bildschirm hinweg an und sie erkennt die pure Verzweiflung in seinen Augen.

»Was ist passiert?«, fragt sie erschrocken. Er scheint für einen Moment erstaunt.

»Du weißt es nicht?«, ruft er dann fassungslos.

»Was?« Und dann platzt es fast aus ihm heraus.

»Lukas ist tot. Er hat sich vom Acker gemacht, der feige Hund«, schimpft Ben. Der Klang seiner Stimme ist so verzerrt, dass Yara ihn kaum verstehen kann. Das muss sie aber auch nicht, denn alles an seine Körpersprache zeigt, wie viel Schmerz und Verzweiflung in ihm ist. Ben macht es wie sie. Er kann seine Trauer noch weniger ertragen als seine Wut. Er ist wütend auf Lukas, weil er ihn hier allein lässt. Ab jetzt muss er seinen Weg ohne seinen Freund gehen.

Aber Yara ist nicht wütend und sie weiß sich nicht zu schützen vor dem Schmerz, der sich in ihr aufbäumt und ihr in diesem Moment die Kehle zuschnürt. Ihre Tränen lassen sich nicht aufhalten und sie findet keine tröstenden Worte für Ben. Sie schlägt die Hände vors Gesicht und schluchzt hemmungslos. Dieser Kummer verbindet sich mit allem, was sich in ihr an Schmerz aufgestaut hat und nimmt ihr jede Kraft, sich zu wehren. Sie lässt sich seitlich auf Bens Bett fallen und zieht sich zusammen wie ein Embryo. Ihr Körper bebt vom Weinen und Wimmern, bis sie nichts mehr fühlt.

Alles in ihr ist taub. Wie lange sie so da liegt, weiß sie nicht. Die Hände immer noch schützend vor ihrem Gesicht, spürt sie eine Hand auf ihrem Bein. Es wird ihr wieder bewusst, wo sie ist und als sie die Augen öffnet, sieht sie Ben, der in seinem Rollstuhl nahe an sie herangerückt ist. Er weint jetzt auch und legt seinen Kopf auf ihre Beine. Sie hört nur sein leises Schluchzen und obwohl diese Situation so unglaublich schmerzlich ist, empfindet Yara eine Art Glück, Ben so nahe sein zu dürfen. Eine Weile bleiben sie so still beieinander, ohne zu sprechen, bis es an der Tür klopft. Es ist Mats, der nach Ben sehen will. Der weiß natürlich längst Bescheid und ahnt, dass es dem Jungen jetzt mies geht. Als Mats Yara sieht, scheint er erleichtert zu sein und lächelt sie kurz an. Dann teilt er ihnen mit, dass Lukas' Eltern eingetroffen sind und sie beide einladen möchten, sich jetzt von ihrem Freund zu verabschieden. Was für ein Ausdruck das ist, denkt Yara, eingeladen zu sein. Als ginge es zu einer Geburtstagsfeier. Aber es gibt keine eigene Sprache für den Tod. Und sie begreift allmählich, dass das gut so ist.

»Kommst du mit?«, fragt Ben mit leichter Panik in der Stimme. Sie versichert ihm, dass sie nicht von seiner Seite weicht, wenn er das wünscht. Und so machen sie sich auf den Weg, zu einem extra dafür hergerichteten Zimmer, indem die Verabschiedung stattfinden wird. Ob man gläubig ist oder nicht, spielt hier keine Rolle. Saskia hatte Yara bei der Führung durch das Haus, schon etwas von der Verabschiedungszeremonie erzählt und ihr diesen Raum gezeigt. Die Wände sind in zartgelber Farbe gestrichen.

Aufgestellte Kerzen hüllen das Zimmer in warmes Licht. Leise, instrumentale Musik spielt im Hintergrund, bis Mats auf \`Lukas\` Eltern zugeht und sie noch einmal begrüßt. Allen anderen schenkt er ein liebevolles Lächeln. Er wurde gebeten, die Verabschiedung zu gestalten, da er Lukas schon über zehn Jahre kannte. Mats erzählt kleine Anekdoten, die er als junger Sozialpädagoge mit ihm erlebt hat. Es fühlt sich so lebendig an. Neben dem Bett, auf dem Lukas liegt, steht ein Tisch mit einem Körbchen darauf. Darin liegen viele verschiedene, bunte Steine, in unterschiedlichen Größen und Farben.

»Er liegt da auf dem Bett, als würde er sich nur kurz ausruhen«, bemerkt Ben in die Stille hinein, denn er hat noch nicht wirklich verstanden, dass er sich jetzt für immer von seinem Freund trennen muss. Da er mit der Situation sichtlich überfordert ist, stellt sich Mats an Bens Seite und fragt in sanft:

»Möchtest du Lukas noch etwas sagen, Ben?« Empört schaut Ben erst Mats an und dann seinen toten Freund.

»Was soll ich ihm denn sagen?«, fragt er verzweifelt, »dass ich ihn vermisse und ich es ungerecht finde, dass er mich hier alleine lässt?«

»Ja«, flüstert Mats, »sag ihm das.« Ben fährt an das Bett seines Freundes und schaut ihn an, ohne etwas zu sagen. Es ist dann Lukas Mutter, die zu Ben herantritt und ihm ihre Hand tröstend auf die Schulter legt.

»Bitte, Ben, sei ihm nicht böse«, sagt sie sanft.

»Ist schon gut«, antwortet Ben leise und blickt ein letztes Mal auf Lukas. »Aber wehe, du zockst da oben mit einem anderen.«

Dann übernimmt Mats die Verabschiedungszeremonie und bietet jedem im Raum an, sich zur Erinnerung an diesen Moment einen Stein aus dem Körbchen zu nehmen und ihn als Symbol der Verbundenheit zu halten. Yara nimmt für sich einen tiefblauen Iolith, mit kleinen, kantigen Einschlägen. Ben steht mit seinem Rollstuhl jetzt wieder dicht bei ihr und sie spürt, dass er die ganze Zeit Kontakt zu ihrer Hand hält, ohne sie zu ergreifen.

Yara fragt sich, wie viele Menschen hier schon Abschied genommen haben von ihren Lieben. Sie hofft, dass Lukas von dieser liebevollen Zeremonie für ihn etwas mitbekommt. Seine Eltern werden ihn nach der Verabschiedung in seine Heimatstadt bringen lassen, wo er später beigesetzt wird.

*

»Du siehst erschöpft aus«, stellt Tom fest, als er Yara am Nachmittag abholt. »Aber deine Augen sind so klar wie nach einem Hardcore-Fasten«, setzt er nach und lächelt.

»Hast du das schon mal gemacht?«, fragt Yara und schaut ihn schräg an.

»Jep. Es ging um ne Wette. Hab verloren und musste innerhalb von zwei Wochen fünf Kilo abnehmen.«

»Krass. Wie verrückt kann man sein? Wie lange ist das her?«

»Drei Jahre.«

»Und gegen wen hast du diese Wette verloren?«

»Gegen Olli natürlich. Wer kommt sonst auf so abgefahrene Ideen? Frag jetzt aber bitte nicht, um was es ging. Wir hatten immer mal wieder Zoff miteinander und da kam dann so ein Schwachsinn dabei raus. Das Fasten hat mir nicht geschadet. Ich fühlte mich fit und meine Augen wurden richtig klar, so wie deine jetzt. Also, was ist heute passiert?«

Yara spricht mit Tom über die Ereignisse des Tages und fühlt sich auf eine merkwürdige Art erleichtert. Sie ist traurig, dass Lukas gehen musste, aber sie hat nicht nur um ihn geweint, als sie auf Bens Bett lag. Ihre verkorkste Kindheit, der dauernden Zoff in der Schule, die verpassten Chancen, Freunde zu finden, dass alles hatte sich als Schmerz in ihr aufgestaut und brach in diesem Moment aus ihr heraus. Es war wie eine Sturmflut in ihrer Seele.

Am nächsten Tag trifft sich Yara mit ihrer Mutter in einem kleinen Bistro, bei der Gedächtniskirche. Obwohl ein frischer Wind weht, ziehen sie es vor, draußen zu sitzen. Am hinteren Ende der Tischreihen finden sie eine geschützte Ecke, in der sie in Ruhe miteinander reden können. Yara hat viele Fragen, fürchtet jedoch, dass ein falsches Wort die aufgekommene Annäherung zwischen ihnen gefährden könnte.

»Er ist sympathisch, dein Tom«, hört sie ihre Ma und die zeigt dabei ein verschmitztes Lächeln.

»Er ist nicht mein Tom«, stellt Yara klar. »Und ja, er ist ein besonderer Mensch.«

»Es ist schön, euch zwei so verliebt zu sehen.«

»Er hat nicht vor, Karriere zu machen«, rutscht es Yara raus. Sie weiß genau, dass diese Bemerkung einem versöhnlichen Gespräch nicht dient. Aber ihre Mutter erkennt den Angriff nicht, oder sie will ihn nicht kommentieren. Sie lächelt nur kurz und schaut Yara an. Als die bemerkt, dass ihre Ma Tränen unterdrückt, tut ihr der Spruch sofort leid und sie sagt:

»Sorry, ich hab das nicht so ...«

»Nein, mir tut es leid«, unterbricht ihre Mutter sie. »Ich habe dir dein Leben vorenthalten. Das ist nicht wiedergutzumachen. Ich habe mir zu lange selber etwas vorgemacht. Hoffte, ich würde es hinbekommen, Martin die Frau zu sein, die er liebt und der er treu sein kann.

Zuletzt blieb nur die Angst, dich endgültig zu verlieren, wenn du die Wahrheit erfährst. Ich hätte längst reinen Tisch machen müssen, aber ich war zu feige. Jetzt, wo ich klar bin in der Entscheidung, mich von Martin zu trennen, fühle ich mich freier. Auch wenn das den Weg zum Sozialamt bedeuten kann. Meine sogenannten Freundinnen werden sich von mir distanzieren, aber bei deiner kleinen Feier gestern ist mir klar geworden, was Freundschaft wirklich bedeutet. Ich bin stolz auf dich. Du bist ein wunderbares Mädchen und das, obwohl ich nicht für dich da war, als du mich gebraucht hast. Gestern, bei euch im Bad, da habe ich es nicht ertragen, mich im Spiegel anzusehen. Ich habe meine Seele verkauft, indem ich diesen Mann geheiratet habe. Ich war für ihn eine Trophäe, denn ich war damals jung und schön. Er hat mich gekauft und ich hab mich kaufen lassen. Wie eine ...«

»Jetzt sei nicht so streng mit dir«, unterbricht Yara ihre Mutter. »Dass du dich auf diese Ehe eingelassen hast, war ein Fehler, dessen Konsequenzen du damals nicht überblickt hast. Aber es bringt dir nichts und mir übrigens auch nicht, wenn du dich fertig machst.«

»Du hast Recht. Es wäre auch eine Lüge, zu behaupten, ich hätte das kostspielige Leben an seiner Seite nicht genossen. Die vielen Reisen und der Luxus, haben mich die ersten Jahre für eine fehlende Liebesbeziehung entschädigt. Bis zu dem Tag, als ich deinen leiblichen Vater kennenlernte. Es war eine spontane, intensive Affäre, in dessen Folge du als Ergebnis auf die Welt kamst. Und dann gab es diesen Deal mit deinem Vater, der einer Scheidung trotz der Schwangerschaft nicht zustimmte, weil sie seinem Ruf geschadet hätte.«

»Das hört sich alles an wie ein gescheitertes Geschäftsmodell«, wirft Yara ein.

»Ja, das verstehe ich, aber du willst die Wahrheit

wissen.

Es ist leider Tatsache, dass dein Vater damals Vor- und Nachteile abgewogen hat. Und es heißt ja nicht, dass er nicht liebevolle Gefühle für dich hatte, nachdem du auf der Welt warst. Aber er ist eitel und fühlte sich weder von mir noch von dir, in der Rolle als Familienoberhaupt anerkannt. Ich habe das alles zu verantworten und will hier nichts mehr beschönigen. Das bin ich dir schuldig.«

Yara ahnt, wie schwer es ihrer Mutter fallen muss, sich einzugestehen, dass sie auf einer Sandburg lebte, die jetzt in sich zusammenfällt. Doch sie empfindet kein Mitleid. Ihre Ma hat die Rolle der reichen Gattin bis zur Perfektion gespielt und es genossen, zum Establishment zu gehören. Sie hatte, ohne es zu wissen, gegen diese Fassade getreten und dem perfekten Trugbild Kratzer zuzufügen. Daraufhin wurde sie doch lieber abgeschoben. Sie hat es ihren Eltern nicht leicht gemacht. Aber wie sie jetzt weiß, gab es Grund dafür.

»Du hast mich so oft allein gelassen. War ich nicht in Wirklichkeit nur ein Versorgungsübel für dich?«

»Nein, das warst du nicht. Ich habe versucht, dich zu schützen, und wollte dir Urteile anderer über dich ersparen.«

»Indem du mich zu keinem Kindergeburtstag lässt? Mich stattdessen in Nobelboutiquen schleppst und ich mir langweilige Vernissagen ansehen muss?«

»Er hatte gedroht, uns beide vor die Tür zu setzen, nachdem du ihn bei einem Geschäftsessen blamiert hast. Ich wollte dir unter allen Umständen meine Kindheitserfahrungen ersparen. Du hast keine Ahnung, wie es ist, in ständiger Angst zu leben.«

»Nein, das habe ich nicht. Ich weiß dafür, wie es sich anfühlt in einem goldenen Käfig eingesperrt zu sein«, sagt Yara traurig. »Und wenn der Vogel zu laut singt, dann wird der Käfig vor die Tür gestellt.«

»Bitte schließ mich nicht aus deinem Leben aus«, bittet Yaras Mutter fast flehentlich. Yara atmet tief durch. Sie will die Erfahrungen, die sie in den letzten Tagen gemacht hat, mit allen Höhen und Tiefen, nicht mit ihrer Mutter teilen und erklärt:

»Ich schließe dich nicht aus meinem Leben aus, weil ich dich verletzen will. Aber die Besuche bei Tamira im Hospiz sind mir wichtig und sie sind wohl auch das Sinnvollste, was ich bisher auf die Kette bekommen habe. Ich werde nicht mit dir nach Kiel zurückfahren. Jedenfalls jetzt nicht. Ich muss mir selber erst klar werden, was ich will.«

Yara bemerkt, dass ihr Handy in der Tasche vibriert.

Es ist das Hospiz. Laura lässt ihr ausrichten, dass sich die Klinik-Clowns angemeldet haben.

»Hör zu, ich muss los«, erklärt Yara kurz angebunden. Doch bevor sie aufstehen kann, greift ihre Mutter nach ihrer Hand.

»Wenn ich dich irgendwie unterstützen kann? Ich bin für dich da!«

Lu und Leo

Zwei Klinikclowns haben sich für den Nachmittag angesagt und Yara möchte es sich nicht entgehen lassen, dabei zu sein, wenn sie Tamira besuchen. Für Laura und ihre Tochter sind die zwei schon gute Bekannte, denn sie kommen in regelmäßigen Abständen in das Krankenhaus und ins Hospiz. Es ist ja cool die Kinder aufzuheitern, aber lässt sich Fröhlichkeit an so einem Ort spontan abrufen?

Bevor die Clowns in ihre Kostüme steigen, nehmen sie an einer Dienstbesprechung teil und informieren sich über die Verfassung der jungen Gäste. Yara wird klar, dass die beiden nicht wahllos jedes Zimmer betreten, um fröhliche Stimmung zu verbreiten. Lu und Leo haben viel Erfahrung und sind auf alle Situationen vorbereitet. Sie ist gespannt und darf die Zwei begleiten, als sie den kleinen Felix besuchen. Vor dessen Tür treffen sie auf seinen Großvater und beziehen ihn in ihre Showeinlage mit ein. Irgendetwas flüstert Leo dem Mann ins Ohr und der spielt gleich seine Rolle mit. Sie öffnen die Tür und Felix bekommt beim Anblick der Clowns große Augen.

»Darf ich zuerst beim Felix sein?«, fragt Leo den Großvater neben sich.

»Nein, ich will zuerst«, protestiert Lu.

»Aber ich war zuerst da«, erklärt der Opa. Leo will sich vorbei drängeln und schiebt dabei Lu und den Opa mit ins Zimmer. Felix lacht.

Yara ist begeistert von der Warmherzigkeit, die die beiden Clowns ausstrahlen. Sie zaubern Freude in die Gesichter der kleinen Gäste, als sei es das Natürlichste der Welt. Auf dem Rückweg zu Tamira trifft sie auf Saskia und kann gleich ihre Begeisterung teilen. »Ist Tamira schon wach?«, fragt Yara.

»Die ist in guter Verfassung und wartet sehnsüchtig auf Besuch.«

»Dann weiß ich ja, was zu tun ist.« Yara und macht sich sofort auf den Weg und Tamira lugt schon ungeduldig zur Tür, als sie hereinkommt.

»Lu hat immer ein Geschenk für mich dabei. Ich bin schon so gespannt, was ich heute bekomme«, erklärt Tamira ungeduldig. Yara denkt an ein Stofftier oder ein anderes Spielzeug und als es endlich an der Tür klopft, ist auch sie ganz neugierig.

»Hallöchen«, trällert eine fröhliche Stimme. Eine purpurrote Nase lugt um die Ecke.

»Da bist du ja endlich!«, ruft Tamira begeistert. Lu senkt schuldbewusst den Kopf, auf dem sie eine rotgelockte Perücke trägt und tritt näher. Mit einem reumütigen Blick verschränkt sie die Hände hinter dem Rücken und schaukelt verlegen ihren Körper hin und her. Sie sagt:

»Entschuldigung, dass ich so spät bin, aber der

Schaffner ist im Zug eingeschlafen und wir konnten ihn nicht wecken. Der hat sooo laut geschnarcht, dass wir uns die ganze Zeit die Ohren zuhalten mussten.« Mit schräggelegtem Kopf schaut sie kurz zu Tamira, die gleich losprustet vor Lachen. »Ich will dir etwas zeigen«, ruft Lu dann verschwörerisch. »Hast du Lust?«

»Jaaa.« Tamiras Wangen glühen vor Aufregung.

»Dafür müssen wir dich aber mitnehmen, ist das okay?«, fragt Lu und schaut dabei Yara an, die sofort bereitwillig hilft. Tamira ist jetzt hellwach. Sie setzen sie in den Rollstuhl und bringen sie in einen Snoezelraum. Der Begriff Snoezelen stammt aus dem Niederländischen, wie Yara erfährt, und bedeutet Schnuppern, Schlummern oder Dösen. Die heutige Stunde in diesem Raum wird Lu für Tamira gestalten. Sie legen die Kleine auf ein riesiges, weiches Bodenkissen, in der Mitte des Zimmers. Das gedimmte, warme Licht wirkt beruhigend und stimmungsvoll. Um Tamira herum platziert Lu einen Baldachin aus bunten Seidentüchern, wie ein Himmelbett. Ein Beamer, der an der Decke befestigt ist, wird durch Lus Laptop angesteuert. Nachdem sich Saskia überzeugt hat, dass Tamira bequem liegt, erklärt sie:

»Die Show kann beginnen.« Dabei lächelt sie Tamira liebevoll an. Das Licht wird gedimmt und durch den Projektor wird ein Film von freilaufenden Pferden rund um Tamira projiziert. Es wirkt so, als läge sie inmitten einer Herde wunderschöner Tiere, die ihr so nahe sind, dass sie die Hand danach ausstrecken kann. Sie sieht glücklich aus und strahlt mit Lu um die Wette. Es war Tamiras Wunsch, einmal auf einem Pferd zu reiten, das hatte sie Lu bei einem der letzten Besuche erzählt. Aber auch, wenn sich das nicht realisieren lässt, ist der Plan aufgegangen. Tamira fühlt sich den Pferden ganz nah. Das kann man ihrem Gesicht ansehen.

Das sind richtige Türöffner, denkt Yara voller Dankbarkeit und Freude über dieses Geschenk an Tamira.

Bunte Bilder

Es ist drei Uhr in der Nacht, als Yara mit dem Gefühl aufwacht, Tamira sei bei ihr. Für einen Moment glaubt sie, sie lägen gemeinsam in Tamiras Bett im Hospiz, aber dem ist nicht so. Yaras Atem geht flach. Ihr Puls rast. Sie kann Tamira riechen, doch das kann unmöglich sein. Sie traut sich nicht, das Licht einzuschalten, denn sie fühlt sich ihr so nahe. Nicht körperlich, sondern auf einer anderen, tieferen Ebene. Yara ist verwirrt, kann nicht klar denken. Sie spürt nur diese Dichte. Eine untrennbare Liebe zwischen ihr und ihrer kleinen Schwester. Das alles dauert nicht lange und doch fließt es in jede ihrer Zellen, dieses Gefühl, eins zu sein mit Tamira. Sie atmet tief durch und ist sicher, irgendetwas ist geschehen. Es überkommt sie die Angst, dass die Kleine gestorben sein könnte. Dass sie sich auf diese Weise von ihr verabschiedet hat. Yara steht auf und trinkt ein Glas kaltes Wasser, als sie Tom hinter sich bemerkt. Sie schaut ihn nur traurig an. Er nimmt sie in seine

Arme und sie bleiben so eine Weile umschlungen in der Dunkelheit stehen. Yara findet nicht den Mut, im Hospiz anzurufen, um nachzufragen, ob Tamira lebt. Zu groß ist ihre Furcht vor der Antwort. Sie legen sich wieder hin, doch an Schlaf ist nicht zu denken. Yara liegt still und versucht, das Gefühl des Einsseins mit Tamira noch einmal herzustellen. Es gelingt ihr aber nicht.

Als sie früh am Morgen ins Hospiz fährt, sieht sie erleichtert, dass Tamira nicht gestorben ist. Im Gegenteil, die Kleine frühstückt. Zwar nur wie ein Spatz, aber immerhin. Sie lächelt und macht sich über Yaras Frisur lustig. Da die beschlossen hat, ihre Haare wieder wachsen zu lassen, sieht sie mit ihrem flaumigen blonden Stoppeln gar nicht mehr so crazy aus. Tamira möchte ihr über den Kopf streicheln und meint:

»Bring mir doch mal eine Locke mit, wenn deine Haare wieder lang sind.«

»Ob ich so viel Geduld habe, bezweifle ich«, erklärt Yara.

»Mit Haarpflege und diesem Stylingquatsch hatte ich noch nie viel im Sinn.«

»Ich hab von dir geträumt letzte Nacht«, erklärt Tamira und Yara ist völlig perplex. Ist es denn möglich, dass sie zur selben Zeit dieses Erlebnis hatten? Sie will nicht zeigen, wie aufgeregt sie ist und bemüht sich, locker zu bleiben. »Wir saßen zusammen an einem See, auf einer Decke und haben ein Picknick gemacht«, erzählt Tamira. »Du hast mir die Haare gekämmt. Ich hatte lange blonde Locken, so wie du demnächst. Und dann hast du einen Spiegel vor mein Gesicht gehalten, sodass wir uns beide darin gesehen haben. Wir haben uns kaputtgelacht, weil du mir einen Zopf geflochten hattest. Es zogen dunkle Wolken auf und mir war furchtbar kalt. Du wolltest so gerne noch bleiben, aber ich habe so gefroren und fing an zu weinen. Dann bin ich aufgewacht und es war wirklich kalt, weil meine Bettdecke aus dem Bett gefallen war.«

Yara behält ihre Erlebnisse der letzten Nacht für sich. Sie will Tamira nicht beunruhigen, da sie ja selber keine Erklärung hat, für dass, was da passiert ist.

Eine Krankenschwester kommt ins Zimmer und holt Tamira ab. Die Kleine soll geduscht werden. Das heißt, sie wird in eine mit warmem Wasser gefüllte Badewanne gesetzt und jemand massiert ihr mit einem weichen Schwamm ihren zarten Körper. Yara verspricht, so lange im Zimmer auf sie zu warten. Auf dem Tisch liegt ein Buch. Sie wirft einen Blick darauf und erkennt, dass es sich um eine Kinderbibel handelt. Alle Warnleuchten springen in ihr an. Wer bitte hat Tamira denn so einen Schwachsinn reingereicht? Soll das eine Art Vorbereitung sein? Wie komme ich auf den kürzesten Weg in den Himmel? Alles in ihr ist in Aufruhr. Welche Heuchelei, Tamira jetzt mit der Bibel zu kommen. Und sie dann auch noch damit allein zu lassen. Yara nimmt das Buch in die Hand und würde es am liebsten aus dem Fenster katapultieren. Aber wer es ihr auch immer ins Zimmer gelegt hat, wird es gut gemeint haben. Vielleicht war es ja sogar Laura? Die sagte zwar, sie sei nicht religiös, wird sich aber an jeden Strohhalm klammern. Oder war es Saskia? ´Sprich nur ein Wort, so wird meine Seele gesund`. Warum zum Teufel fällt ihr jetzt dieser Satz ein? Als ihre Schulklasse auf die erste heilige Kommunion vorbereitet wurde, sagte der Priester diese Worte. Yara war der festen Überzeugung, dass mit ihrer Seele alles in Ordnung ist und fragte den Geistlichen, woran man das merkt, wenn sie krank ist.

»Unser aller Seelen brauchen Erlösung«, war seine Antwort, mit einem wissenden Blick. Weiter erklärte er es ihr nichts. Gibt es einen Sinn hinter dem allen und nur ihr erschließt er sich nicht? Sie steht ratlos im Zimmer, mit diesem Buch in der Hand, als Tamira wieder zurückgebracht wird. Sie strahlt und Yaras Zorn ist verflogen.

Deine Seele ist gesund, denkt Yara und hilft, dieses sterbenskranke Kind schmerzfrei ins Bett zu bringen. Die Bibel hat sie auf dem Nachttisch gelegt und aus ihrem Blickfeld verbannt. Leider nur für einen Moment, denn Tamira erzählt glücklich, dass Ben bei ihr war und ihr ein Buch mitgebracht hat.

»Ben?«, fragt Yara ungläubig. »Und von ihm ist diese Kinderbibel?«

»Da sind schöne Bilder drin«, stellt Tamira fest und bittet Yara, sie mit ihr gemeinsam anzusehen. Yaras hartnäckiges Bemühen, doch etwas anderes zu tun, laufen ins Leere. So viele Angebote hat sie ja leider auch nicht. Eine Kissenschlacht wäre ihr lieber. Daran hätte Tamira sicher auch mehr Spaß, aber leider fehlt ihrer auserwählten kleinen Schwester dafür jegliche Kraft. Also fügt sie sich und nimmt dieses Buch wieder in die Hand. Sie legt sich zu Tamira aufs Bett, so wie die es am liebsten hat und schaut mit ihr die zugegeben farbenfroh gestalteten Bilder an. Das Exemplar ist nicht neu, was man an dem verblassten Einband erkennt. Die Seiten sind teilweise zerfleddert. Die hat jemand schon mindestens tausendmal durchgeblättert.

»Ben gehört dieses Buch schon ganz lange«, erklärt Tamira. Und wie Yara erfährt, hat er es als kleiner Junge von seiner Oma geschenkt bekommen. Über lange Zeit haben die beiden jeden Abend in diesem Buch Bilder angesehen und sie hat ihrem Enkel Texte daraus vorgelesen.

»Ben sagt, er hätte gar nicht alles verstanden, was die Oma ihm damals erklärt hat, aber sie blieb immer, bis er eingeschlafen war. Deshalb hat ihn dieses Buch getröstet, wenn er traurig war. Und jetzt hat Ben es mir geschenkt«, sagt Tamira stolz.

»Ich verstehe so wenig von dem, was in dem Buch steht und kann dir da gar nichts erklären«, versucht sich Yara in Deckung zu bringen.

»Aber du weißt ja auch nichts über Afrika und schaust trotzdem mit mir Tierbilder von dort an«, beschwert sich Tamira.

»Gewonnen«, seufzt Yara, oder verloren, fügt sie in Gedanken hinzu, wie man es nimmt. Sie lächelt über dieses schlaue Mädchen und blättert durch die Seiten, bis Tamira an einem Bild hängen bleibt.

»Das ist Jesus«, stellt sie fest und zeigt mit dem Finger auf ihn. Er steht auf einem Hügel und spricht zu den Menschen, die ihm zu Füßen sitzen und hören, was er zu sagen hat.

»Ja, und dort hat er den Leuten erklärt, was sie tun müssen, um in den Himmel zu kommen«, kommentiert Yara das Bild.

»Und was müssen sie tun?«, will Tamira wissen. Tief durchatmend grübelt Yara verzweifelt darüber nach, was sie jetzt sagen soll, als es kurz an der Tür klopft und Mats im Eingang steht.

»Der Dolmetscher ist da«, entfährt es ihr erleichtert.

»Darf ich reinkommen?«, fragt er. Verschwörerisch schauen sich die Mädchen an.

»Du bist herzlich eingeladen«, erklärt Yara, das Buch vor sich hochhaltend, »dich an der Übersetzung dieser Illustrationen mit deinem fachlichen Wissen zu beteiligen.« Sie braucht ihn jetzt dringend an ihrer Seite. Mats entgeht der sarkastische Unterton nicht. Er holt sich einen Stuhl und setzt sich zu den beiden.

»Tamira wüsste gerne, was sie tun muss, um in den Himmel zu kommen«, fragt Yara provozierend und ergänzt: »Ich bin sicher, sie hat schon eine Eintrittskarte, oder was glaubst du?«

»Wir brauchen keine Eintrittskarte, um in den Himmel zu kommen«, stellt Mats nüchtern fest.

»Und was hat dann der Jesus da auf dem Bild zu den Menschen gesagt?«, möchte Tamira wissen. Er lächelt sie liebevoll an und erklärt:

»Ich frage mich, was Jesus uns heute sagen würde, wenn er sich, wie die Politiker, auf den Rathausplatz stellen und seine Botschaft verbreiten würde. Vielleicht würde er fragen: Was liebt ihr? Wofür steht ihr ein? Was ist euch wichtig? Sein Rat könnte der gleiche sein wie damals: Lebt das Leben, das ihr euch wünscht und erkennt, das es ohne Liebe keinen Wert hat. Um Antworten auf diese wichtigen Fragen zu finden, müssen wir still werden. Stattdessen hören wir auf laute Werbebekundungen, die uns das neuste Handy als das größte Glück anpreisen. Damit entfernen wir uns von der inneren Stille. Die Entscheidung, welchen Stimmen wir folgen, hat jeder für sich selbst zu treffen. Wir haben diese Freiheit geschenkt bekommen.«

»Woher weißt du, dass es einen Gott gibt, wenn er sich nicht in unsere Entscheidungen einmischt?«, will Yara wissen.

»Indem ich anerkenne, wie schön diese Welt ist, in der wir leben. Ich bin sicher, es gibt eine Quelle allen Seins. Daher kommen wir und dahin kehren wir zurück.« Yara ist nachdenklich.

Tamira hat sich inzwischen in ihre Bettdecke gekuschelt und gähnt. »Das musst du meiner Mama sagen«, erklärt sie müde. »Dann weiß sie, dass wir wieder zusammen sind, wenn sie auch stirbt.«

»Das mache ich«, verspricht Mats und Tamira schläft sofort ein. An Yara gewandt fragt er: »Hast du Lust auf ein Experiment?«

»Was muss ich tun?«

»Stell dir vor, dein Leben ist eine unbeschriebene weiße Leinwand. Dir stehen fünf Fähigkeiten zur Verfügung, die du manifestieren darfst. Ein Lebensplan, wenn du so willst, indem du allein über deine Zukunft bestimmst. Frage dich, welche Träume und Wünsche du hast. Und wo du die Antwort eher finden kannst, im Außen oder in deinem Inneren. Was gehört für dich zu einem erfüllten Leben? Und bevor du dich diesem Experiment widmest, sei dir klar, dass es nur Grenzen gibt, die du selbst erschaffen, oder übernommen hast.

Yara verspricht, darüber nachzudenken.

*

Was für eine geile Vorstellung, sich jeden Tag neu zu entscheiden, wie der eigene Lebensplan aussehen soll. Sich selbst als eine unbeschriebene Leinwand zu betrachten, mit all den Möglichkeiten, die das Leben zu bieten hat.

Aber als ob das wirklich möglich wäre, geht es

Yara durch den Kopf. Da gibt es einfach zu viele Leute, die einem ins Leben quatschen. Solange sie nicht volljährig ist, wird sich das auch nicht ändern. Ihre Eltern haben das Aufenthaltsbestimmungsrecht. Und unter dem Begriff Erziehung verbirgt sich das uneingeschränkte Recht auf Einmischung in all ihre Lebensbereiche. Die einzige Möglichkeit, sich dagegen zu wehren, ist, ihnen das Leben schwer zu machen. Sie hat schon aus reiner Gewohnheit gegen all die Grenzen rebelliert, die ihr vor die Nase gesetzt wurden. Aber sie hat sich noch nie die Frage gestellt, wie sie ohne diese Grenzen leben würde. Mats hat ihr geraten, sich Zeit zu nehmen, darüber nachzudenken.

Es gibt so vieles, was ihr durch den Kopf geht.

Herzwunsch

»Fährst du mit mir ans Meer?«, fragt Tamira sie beim Frühstück.

»Wohin du willst«, antwortet Yara, in dem festen Glauben es geht um eine Fantasiereise.

»Ich habe den Ort vergessen, du musst Luisa fragen, die weiß, wo das Meer ist, zu dem ich fahre. Du kommst doch mit, oder? Bitte, bitte! Ich will so gerne, dass du mitkommst, versprich es mir«, bettelt Tamira. Yara versteht nicht im Geringsten, worum es hier geht. Nie im Leben wird man mit einem todkranken Kind, in diesem Stadium, eine Reise ans Meer unternehmen. Das ginge höchstens mit einem Rettungshubschrauber und den könnte sich Laura sicher nicht leisten.

»Ich spreche nachher mit dieser Luisa, okay?«

»Es wird sooo schön! Wir werden im Meer baden und Muscheln sammeln und...«

»Tamira, hör auf«, stoppt Yara sie und ist über die Schärfe in ihrem Ton selbst erschrocken. Sie kann die Vorstellung, Tamira zu enttäuschen, ihr später erklären zu müssen, dass das nur ein Traum war, nicht ertragen.

»Aber Luisa war hier und hat mich gefragt, ob ich mir was wünsche«, entgegnet Tamira hartnäckig. Sie ist enttäuscht und dreht sich weg.

»Nichts wünsche ich mir mehr, als dich glücklich zu sehen«, flüstert Yara. »Alles, was möglich ist, werde ich tun, das verspreche ich dir.« Die Kleine wendet sich ihr wieder zu und sie nehmen sich in die Arme. Sie weinen miteinander. Tamira hatte für kurze Zeit ihre Krankheit vergessen und Yara kommt sich vor wie ein Verräter.

»Es tut mir leid«, bekennt sie traurig.

»Du hast Angst um mich, ich weiß.« Nachdem Tamira eingekuschelt in ihrem Bett eingeschlafen ist, verlässt Yara das Zimmer und begibt sich in die Küche.

»Ist Luisa im Haus?«, fragt sie in die Runde.

»Hab sie eben mit Saskia über den Flur laufen sehen«, antwortet Hildegard. Ohne ein weiteres Wort dreht sich Yara um und hastet ihnen hinterher, als sie auf Mats trifft. Wenn diese Luisa einem Kind solche Flöhe in den Kopf setzt, dann muss er dass wissen, denkt sie und spricht ihn direkt darauf an.

»Tamira träumt davon, ans Meer zu fahren«, platzt sie los.

»Sie fragt mich, ob ich sie begleite. Was verdammt meint sie denn damit?« Mats sagt erstmal nichts, öffnet die Tür zu seinem Büro und bittet Yara mit einer Geste, einzutreten.

»Hast du schon mal von der Aktion 'Herzwunsch', gehört?«

»Nein, klingt nach einer Fernsehsendung?«,

entgegnet Yara und zuckt mit den Schultern. Mats lacht. Er legt einen Flyer sichtbar auf den Tisch, sodass sie die Überschrift lesen kann. Erfüllung bis zuletzt steht da geschrieben. Fragend sieht sie Mats an.

»Echt jetzt? Ihr wollt mit Tamira ans Meer?«

»Es wird keine Reise sein, wie man sie mit einem gesunden Kind machen könnte. Der Verein 'Herzwunsch', finanziert mit seinen Spenden Projekte für Kinder in Tamiras Situation.«

»Und wie soll das funktionieren?«, fragt Yara entgeistert.

»Tamira ist zurzeit stabil. Die Lungenentzündung ist ausgeheilt. Das ist die Voraussetzung für den Transport. Sie wird in einem Helikopter nach Usedom geflogen. Mit an Bord ist ein Team von drei ausgebildeten Kinderpflegern, ein Kinderarzt und ihre Mutter als Begleitperson. Ein Krankentransport wird organisiert, der Tamira mit ihrer Mutter und zwei Pflegern bis zum Strand fahren wird. Es wird ein Tagesausflug sein. Nach intensiven Überlegungen mit Luisa, der Organisatorin des Vereins, wollen wir Tamira ihren Wunsch erfüllen, solange es noch möglich ist.« Yara ist glücklich und skeptisch zugleich. Was, wenn das alles zu viel für sie wird?, fragt sie sich. Gleichzeitig freut sie sich über die Möglichkeit, Tamira noch einen Herzenswunsch zu erfüllen.

»Sie hat mich gebeten, mitzukommen«, erklärt Yara. Mats muss sie enttäuschen.

»Das wird nicht möglich sein. Es gibt Voraussetzungen für diese Maßnahmen und da ist die Finanzierung für einer weitere Begleitperson nicht vorgesehen. Tut mit leid.«

»Okay, das muss ich ihr erklären.« Natürlich hätte sie ihre kleine Schwester gerne begleitet. Schon in zwei Tagen soll der Tagesausflug stattfinden. Tamira ist wie ausgewechselt. Die Vorfreude, ans Meer zu fahren, weckt alle Reserven in ihr. Sie ist wacher, isst ein wenig mehr und plappert die ganze Zeit. Nachdem Laura ihr erklärt, dass Yara sie nicht begleiten wird, bekommt ihre Stimmung einen Dämpfer.

»Aber sie muss dabei sein«, protestiert sie. »Wir wollen doch zusammen Muscheln sammeln.«

»Ich weiß«, tröstet Laura sie und ist im Stillen auch traurig. Yara ist inzwischen für sie fast wie eine ältere Tochter geworden. Sie kann mit ihr offen über ihre Situation sprechen, was ihr Hoffnung gibt, für die Zeit die kommen wird.

Yara bemüht sich, ihre kleine Schwester aufzuheitern, aber es gelingt ihr nicht wirklich, ihre eigene Enttäuschung zu unterdrücken.

*

Tom ist in diesen Tagen wie ein Anker für Yara. Er umsorgt sie liebevoll, achtet darauf, dass sie regelmäßig etwas isst, und er hält es aus, wenn sie stundenlang nicht spricht, um ihren Gedanken nachzuhängen. Doch dann kommt er mit einer unerwarteten Nachricht.

»Ich habe deine Mutter zum Abendessen hierher eingeladen«, erwähnt er ganz nebenbei.

»Du hast was?«, fragt Yara entgeistert. »Findest du nicht, dass wir das absprechen sollten? Mir ist heute echt nicht danach, Altlasten aufzuarbeiten.«

»Ich weiß, aber sie fährt in zwei Tagen zurück und möchte dich nochmal sehen, bevor sie mit deinem Vater spricht. Das hat sie mit am Telefon so erklärt.«

»Du entwickelst dich ja schon zu ihrem Seelentröster«, entgegnet Yara verärgert.

»Das ist nicht fair, Yara.«

»Ich weiß, entschuldige«, bekennt sie und schmiegt sich an seine Schulter. »Meine Gedanken sind bei Tamira und ich frage mich, ob das alles klappt mit diesem Flug nach Usedom. Wenn sie dort wieder krampft, oder...«

»Das ist kein Pfadfinderausflug. Der Heli ist für eine intensive, medizinische Betreuung ausgestattet und das Bordpersonal ebenfalls auf dem neusten Stand. Tamira wird da bestens versorgt. Du wärst gerne dabei, stimmt´s?«

»Ja klar. Aber ich kann mir keinen Heli leisten, der ihr hinterherfliegt«, stellt sie traurig fest. »Du hast recht. Sie wird einen wunderschönen Tag verleben und ich höre jetzt auf, mir Sorgen zu machen. Was gibt es denn zu essen?«

Olli und Tom bereiten eine italienische Lasagne vor. Der Duft von frischen Kräutern liegt in der Luft und bringt Yara auf andere Gedanken. Sie deckt schon mal den Tisch, als es an der Tür klingelt. Ihre Laune bekommt sofort einen Dämpfer, denn sie hat keinen Bock auf Diskussionen mit ihrer Ma. Doch ihre Mutter lächelt nur und drückt ihr beim Hereinkommen eine Flasche Rotwein in den Arm. Wie immer ist sie perfekt gestylt, erspart sich aber jeglichen Kommentar über das Outfit ihrer Tochter. Sie bemüht sich sichtlich, eine lockere Atmosphäre zu schaffen, was Yara auch anerkennt. Trotzdem will sie die Jungs aus einem konfliktgeladenen Gespräch raushalten und zieht sich mit ihrer Ma in Toms Zimmer zurück. Yara erfährt, dass sich ihre Mutter in Kiel auf eine Wohnungsanzeige gemeldet hat.

»Die Wohnung ist groß genug für uns beide«, erklärt sie.

Yara vermutet, dass ihre Ma gerne eine Absolution hätte, aber so einfach ist das eben nicht. Sie kann sich im Moment nicht mit ihrer Familie auseinandersetzen.

»Hör zu, in meinem Kopf ist gerade kein Platz, um mir darüber Gedanken zu machen«, erklärt sie. »Keine Ahnung, wie es sein wird, wenn ihr euch trennt. Das ist erstmal nicht mein Problem.«

»Du hast Recht, Yara. Aber ich möchte, dass du weißt, dass ich ab jetzt für dich da bin. Wenn du nicht in das Internat zurückwillst, finden wir eine Lösung.« Yara ist erleichtert. Ihre Sehnsucht nach Verlässlichkeit und Liebe wurde von ihren Eltern nicht gesehen. Wahrscheinlich konnten sie ihr nicht geben, was sie selber nicht hatten.

»Ich möchte mein Abi machen«, erklärt sie dann. »Wenn er das Internat weiterhin finanziert.« Mit dem Plan, die Schule zu Ende zu bringen, ist ihre Mutter natürlich einverstanden und verspricht, mit ihrem Mann darüber zu reden. Wie er sich dann entscheiden wird, bleibt abzuwarten. Sie scheint zu akzeptieren, dass sie nicht mehr über den Kopf ihre Tochter hinweg bestimmen kann. Yara erzählt von Tamiras geplantem Ausflug und ihrer Sorge, ob alles gut laufen wird, bei dieser Aktion. Kurz fragt sie sich, ob ihre Mutter vielleicht denkt, dass sie das nichts angeht, aber das ist ihr egal. Morgen ist für sie Abreisetag und obwohl Yara auch bald ihre Heimreise organisieren muss, wenn sie ihr Abitur nicht verschieben will, möchte sie noch Zeit mit Tom, aber vor allem mit Tamira verbringen. Ihr ist klar, wie gerne ihre Ma es sähe, wenn sie mit ihr den Rückweg nach Kiel antreten würde. Auch, damit sie ein klärendes Gespräch mit ihrem Vater führt. Doch das kommt jetzt noch nicht in Frage. Ihre Ma wird sie decken, was das Internat angeht. Gott sei Dank sind Ferien und es bedarf keiner weiteren Lügen mehr.

Es wird sich zeigen, wie sich alles andere entwickelt, jetzt, wo die Wahrheiten auf dem Tisch liegen. Yara spürt Toms Hand auf ihrer Schulter, er kann wieder mal ihre Gedanken lesen.

»Das Essen ist fertig«, erklärt er lächelnd. Dank Olli, der ein perfekter Gastgeber ist, kommen andere Themen auf den Tisch und wieder mal erfährt Yara Geschichten ihrer Mutter, die ihr vollkommen neu sind. Nach einer verlorenen Wette ist die mal einen ganzen Tag lang in einer alten, zerrissenen Jeans rumgelaufen. Das klingt für Yara kaum vorstellbar. Das sind Hosen für Menschen, die keine Kontrolle über ihr Leben haben, hatte sie mal ihren Lieblingsmodeschöpfer zitiert. Dass aber jeder, der sie kannte, dachte, es sei eine neue Kollektion von Armani, macht die Sache wieder glaubhaft. Auch, dass sie freiwillig schon mal bei der Tafel ausgeholfen hat, war Yara nie zu Ohren gekommen.

»Na, das muss dich ja Überwindung gekostet haben«, bemerkt Yara provozierend.

»Ja, es ist mir schwergefallen, das gebe es zu. Eine Freundin engagierte sich für eine Spendenaktion und bat mich um Mithilfe. Als ich dann auch noch einem alten Lehrer von mir gegenüberstand, war mir regelrecht schlecht. Der Mann hat mich nicht wiedererkannt und doch hab ich mich geschämt.«

»Wofür?«, möchte Olli wissen.

»Dafür, dass ich nicht den Mumm besaß, mich zu erkennen zugeben. Der Mann war dankbar für einen Korb voll billiger Früchte und ich war einfach nur feige. Es wäre der passende Zeitpunkt gewesen, mich gerade hinzustellen. Schließlich konnte ich nichts für die Alkoholsucht meines Vaters.

Stattdessen spende ich heimlich jeden Monat Geld.«

»Na, das wird ja noch richtig voll auf unserer Insel des Verzeihens«, erklärt Tom und grinst. Dabei sieht er Yara an, doch die schweift mit ihren Gedanken gerade ab, in alte Zeiten. Es erscheinen Bilder vor ihren inneren Augen.

Episoden von Weihnachtsfesten oder Kindergeburtstagen, die ihre Mutter hinter sich bringen musste. Ihr fällt eine Begebenheit mit ihrem Vater ein. Es muss so um ihren sechsten Geburtstag gewesen sein, als er sie einmal von der Schule abholte. An diesem Tag brachte er ihr das Schwimmen bei. Sie gingen Eis essen und er erlaubte ihr, in seinem Auto vorne zu sitzen, was sonst nie vorkam. Wie konnte sie das nur vergessen haben? Was war an diesem Tag so anders gewesen, dass er sich so viel Zeit genommen hatte für sie?

Yara ist so in ihre Gedanken vertieft, dass sie von dem laufenden Gespräch nichts mitbekommt.

»Das ist doch eine super Idee«, hört sie aus der Ferne und hat keinen Plan, um was es gerade geht.

»Was hältst du von dem Vorschlag?«, fragt Tom begeistert und stupst Yara an.

»Tschuldigung, hab nicht zugehört«, antwortet sie kleinlaut.

»Ich habe von Tom gerade erfahren, wie gerne du Tamira begleiten würdest nach Usedom«, erklärt ihre Mutter. »Mein Vorschlag ist, ich verschiebe meine Abreise um zwei Tage und, wir fahren mit meinem Auto rüber. Wir könnten morgen losfahren und dort übernachten. Dann hättest du genügend Zeit für sie.«

Yaras Gefühle fahren Achterbahn. Sie möchte sehr gerne an Tamiras Seite sein, wenn sie ihre zarten Füße ins Meer setzt, doch das würde auch bedeuten, zwei Tage mit ihrer Mutter verbringen zu müssen. Sie fürchtet die langen Diskussionen, wenn sie mal wieder anderer Meinung ist. In den letzten Tagen war Yara frei in ihren Entscheidungen, nichts wurde in Frage gestellt. Ihre Mutter scheint ihre Zweifel zu bemerken.

»Gib uns bitte eine Chance«, sagt sie leise. Yara seufzt. Doch das Strahlen in ihrem Gesicht gewinnt Oberhand.

Sie hat für sich einen kleinen Rucksack gepackt, während ihre Mutter sich treu bleibt und ihren großen Koffer im Wagen verstaut. Sie rechnen mit drei Stunden Fahrzeit bis nach Usedom. Ein Hotelzimmer ist gebucht und Yara bemüht sich das mulmige Gefühl, das in ihr aufsteigt, zu unterdrücken.

»Es wird schon gut gehen«, flüstert Tom ihr ins Ohr und drückt ihr den zehnten Abschiedskuss auf den Mund. Für Yara und ihre Mutter ist es eine Premiere. Noch nie haben sie einen gemeinsamen Ausflug gemacht, ohne zu streiten oder sich stundenlang anzuschweigen. Ihrer Ma scheint es nicht anders zu gehen. Sie wirkt befangen, bis sie im Auto sitzen und endlich losfahren.

»Okay«, sagt sie dann, »lass uns gegenseitig Fragen stellen. Keiner unterbricht den anderen oder hinterfragt die Antwort. Was willst du von mir wissen?«

Yara ist irritiert. Ist das eine Falle? Jetzt, wo sie ihr nicht ausweichen kann? Sie beschließt, sich auf das Spiel einzulassen. Solange sich ihre Mutter selber an die Regeln hält, die sie gerade aufgestellt hat.

»Hast du jemals Kontakt zu meinem Erzeuger aufgenommen?

Also, weiß der ...«

»Nein.« Mehr sagt sie nicht. Und Yara darf ja nicht nachfragen.

»Okay, dann bist du dran«, stellt sie fest.

»Was ist damals mit Sabrina passiert?« Yara verschluckt sich fast an der Cola, die sie sich vor der Abfahrt noch aus der Kühlbox geholt hat. An dieses Thema will sie nie wieder denken.

»Muss das sein?«, fragt sie flehend.

»Du hast zugestimmt«, beharrt ihre Ma. Yara muss sich erstmal sammeln. Dieses Kapital hat sie längst zugeschlagen. Nicht mal mit Tom hat sie darüber gesprochen und jetzt sitzt sie in der Falle. Sie hätte es ahnen müssen. Aber diese Geschichte gehört nun mal auch zu ihrem Leben.

Sie lernte Sabrina kennen, als sie von der Grundschule auf das städtische Gymnasium wechselte. Gegensätze ziehen sich an, sagt man so. Bei ihnen stimmte es aufs Wort. Sabrina stammte aus einem sehr religiösen Haus. Beide Elternteile gehörten der Glaubensgemeinschaft Zeugen des Herrn an, und ihre Tochter schien sich, ganz nach dem Wunsch ihrer Mutter, für den Kirchenchor zu begeistern. Damit war sie das perfekte Mobbingopfer in der Klasse. Yara war dabei, als andere Schüler Sabrina auf dem Schulhof abfingen und sie schikanierten. Jemand zwang sie, ein Kirchenlied vorzutragen und sie sang das Ave Maria. Alle lachten, bis auf Yara.

Die war von dem Gesang so berührt, dass sie eine Gänsehaut bekam. Die Chaoten in der Klasse legten sich mit ihr nicht an, denn sie zögerte nicht, sich zu prügeln, wenn ihr jemand querkam. Auch Sabrina hatte Angst vor ihr, doch in diesem Moment stellte Yara sich schützend vor sie. Und seitdem hatte das Mädchen Ruhe vor der Schikane der anderen. Die beiden verabredeten sich hin und wieder. Da Sabrina keine Freundin mit nach Hause bringen durfte, lungerten sie auf Spielplätzen herum. Sie waren auf ihre Art zwei Einzelgänger mit gleichen Problemen. Die Eltern. Yara fühlte sich von ihren ausgegrenzt, während Sabrina unter der ständigen Kontrolle ihrer Glaubensgemeinschaft litt. Es gab viele Verbote dort und Yara ermutigte ihre neue Freundin, dagegen zu rebellieren. Sabrina kam immer mehr in einen Konflikt. Einerseits wollte sie ihre Eltern nicht enttäuschen, andererseits war sie mächtig stolz darauf, von einem so starken Mädchen gemocht zu werden. Mit der Zeit fehlte sie immer öfter in der Schule. Sie sei krank, hieß es, dabei wollten die Eltern nur den Kontakt zu Yara unterbinden. Die bestärkte Sabrina umso mehr darin, sich nicht alles verbieten zu lassen.

Im Folgejahr kam Asim in die Klasse. Yara hatte nur noch Augen für ihn. Und Sabrina, die inzwischen zu Yaras Schatten geworden war, folgte ihr. Sie ließ sich ebenfalls heimlich ein Tattoo stechen und wurde daraufhin von ihren Eltern gar nicht mehr zur Schule gelassen. Ohne dass Yara davon wusste, traf sich Sabrina mit Asim und er führte sie an Drogen heran. Als er aufflog mit seinen Geschäften, war sie bereits abhängig. Davon erfuhr Yara erst, nachdem sie im Internat untergebracht war. Zwei Monate später nahm sich Sabrina das Leben.

»Ja, so sieht´s aus«, erklärt Yara, nachdem sie ihrer Mutter die Geschehnisse von damals offenbart hat. »Sie ist tot und ich frage mich, ob ich es hätte verhindern können.«

Ihre Mutter sagt, so wie vereinbart, nichts. Sie nimmt nur ihre rechte Hand und legt sie ihrer Tochter tröstend aufs Knie, während sie sich weiter auf den Verkehr konzentriert. Yara ist erleichtert, es endlich ausgesprochen zu haben.

Seit jener Zeit hat sie nie wieder ein Wort über Sabrina verloren. Jegliche Form von Religion ist ihr seitdem verhasst.

»Wir haben als Eltern versagt«, hört sie ihre Ma sagen. Und bis zur Ankunft im Hotel hängen beide still ihren Gedanken nach.

Das Hotelzimmer ist bezugsfertig, als sie gegen Mittag eintreffen. »Ideales Wetter für einen Strandspaziergang«, jubelt Yara. Sie stellen nur schnell ihr Gepäck ab und laufen zum Wasser. Yara genießt den Seewind auf ihrer Haut. Allmählich lockert sich die Stimmung und sie beschließen, in einem Lokal an der Strandpromenade einen Kakao zu genießen.

»Wir wissen eigentlich nicht viel voneinander, oder?«, stellt Yara fest. Kurz verfällt ihre Mutter in ihr altes Muster und antwortet:

»Es gibt da nicht viel Interessantes, was sich lohnt zu wissen.«

»Kannst du es nicht mir überlassen, zu beurteilen, was ich über meine Wurzeln wissenswert finde?« Ihre Ma räuspert sich.

»Entschuldige. Ich habe mir einen Panzer umgelegt, um meine wahre Lebensgeschichte zu verbergen. Dabei gibt es Menschen, die viel Schlimmeres erlebt haben.«

»Können wir das mit den Spielregeln lassen?«, bittet Yara.

Ihre Mutter lacht.

»War für den Anfang doch nicht schlecht, oder?« Die nächsten vier Stunden verbringen Yara und ihre Mutter damit, sich gegenseitig Fragen zu stellen, zuzuhören, nachzufragen, erstaunt zu sein, zu weinen und zu lachen, bis der Keller sie bittet, zu gehen, weil die Strandbar nur nachmittags geöffnet ist.

Tamira und das Meer

Sie hat kaum geschlafen vor Aufregung und Laura ist besorgt, ob dieser Tag nicht doch zu anstrengend für Tamira wird. Aber jetzt kann sie nichts mehr rückgängig machen und sie hofft, dass alles gut geht. Saskia hilft bei dem Transport von Tamira bis zum Helikopter. Ab hier sind die anwesenden Pfleger zuständig, die zu dem Verein 'Herzwunsch' gehöhren. Alle sind supernett und begrüßen Lauras kleine Tochter voller Respekt. Tamira ist noch nie geflogen und sie möchte auf keinen Fall liegend transportiert werden.

»Kein Problem«, sagt einer der Pfleger und schnallt sie auf einem neigungsverstellbaren Sitz an. Der Hubschrauber ist mit diversen medizinischen Apparaturen ausgestattet. Bei Tamira wird noch einmal die Sauerstoffsättigung überprüft, bis es dann endlich losgeht. Sie ist aufgedreht und überglücklich. Das allein ist es wert, sie so selig zu sehen, denkt Laura.

»Schade, dass Yara nicht da ist«, stellt die Kleine traurig fest. Sie weiß nicht, dass die schon auf Usedom auf sie wartet. Laura sagt es ihr nicht, denn es soll eine Überraschung werden. Stattdessen lenkt sie ihre Tochter ab, als sich der Heli vom Erdboden entfernt und die Charité mit jedem Meter kleiner wird.

»Mami, schau mal. Die Menschen da unten, die sehen aus wie meine Figuren von Playmobil.«

»Und wir fliegen durch die Wolken, sieh nur«, ergänzt Laura begeistert. Tamira ist so aufgeregt von der ganzen Aktion und entdeckt ständig etwas Neues. Trotzdem fallen ihr nach einer halben Stunde die Augen zu. Besorgt schaut Laura zu einer jungen Frau rüber, die während des ganzen Fluges Tamiras Vitalwerte überprüft. Sie ist die Ärztin an Bord. Beruhigend legt sie ihre Hand auf Lauras Arm und spricht dann sanft ein paar Worte mit Tamira.

»Wir legen dich für einige Minuten mal in die Horizontale, damit du nicht schon vor der Ankunft am Meer erschöpft bist«, erklärt sie. Und die Kleine sinkt sofort in einen tiefen Schlaf. Laura ist erleichtert, als sie die Landebahn in Heringsdorf erkennt. Ihr ist wohler bei dem Gedanken, an die frische Luft zu kommen. Schon von weitem ist der Krankentransporter zu sehen, der Tamira zum Strand bringen wird. Die Kleine wacht auf, als der Heli am Boden aufsetzt.

»Sind wir schon da?«, fragt sie enttäuscht.

»Ja«, antwortet Laura. »Aber schau mal wer da auf dich wartet.« Tamira reckt sich und sieht Yara an der Landebahn stehen.

»Das ist der schönste Tag in meinem Leben«, ruft sie. Auch das Team, das sie ab hier begleitet, wartet schon. Die Pfleger haben Erfahrung und alles läuft ohne Hektik oder Irritation ab. Mike und Thorsten, so heißen die beiden Jungs aus dem Pflegeteam, die an diesem Tag ausschließlich für Tamiras Sicherheit zuständig sind. Sie holen sie aus dem Hubschrauber und setzen sie behutsam in einen Rollstuhl. Auf direktem Weg geht es nun weiter zu einem barrierefreien Strandzugang. Yara darf ab jetzt Tamira und Laura bis zu deren Rückflug begleiten. Ihre Mutter hat es vorgezogen, im Hotel zu bleiben. Die weiß inzwischen, dass Yara eine besondere Beziehung zu dem kleinen Mädchen hat, die nur sie etwas angeht. Außerdem will sie mit ihrer Anwesenheit niemanden in Verlegenheit bringen.

»Ich habe vor Laura keine Geheimnisse«, hatte Yara deutlich gemacht. Ist aber auch ganz froh, sich an diesem Tag ausschließlich Tamira widmen zu können. Obwohl ihre Mutter es möglich gemacht hat, dass sie hier sein kann und dafür ist sie wirklich dankbar, möchte sie die Zeit mit niemandem teilen.

Ein spezieller Rollstuhl, der für das Fahren auf dem Sand geeignet ist, steht bereits an der Promenade.

»Alles klar fürs Picknick am Strand?«, fragt Laura und schaut dabei Yara verschwörerisch an.

»Alles roger.«

Tamira ist ganz voll von den vielen Eindrücken, die auf sie einströmen. Sie lehnt sich über den Rollstuhl, um etwas von dem weißen Sand, der hier kilometerweit den Strand füllt, in die Finger zu bekommen. Mike schaufelt mit seinen großen Händen den Pulversand hoch und lässt ihn durch Tamiras Finger gleiten.

»Das kitzelt«, stellt sie fest und lacht. Seichte Wellen rauschen über das türkisblaue Meer und glitzern in der Sonne. Möwen, die von mitgebrachten Snacks der Touristen angelockt werden, kreisen am Himmel.

»Jetzt gehts ins Wasser«, erklärt Yara und trennt sich von Jeans und T-Shirt, unter denen sie bereits ihren Bikini trägt. Um auch Tamira von Schuhen und Strümpfen zu befreien, stehen die beiden Pfleger schon an ihrer Seite und helfen.

Den Rollstuhl schieben sie möglichst nahe an den Rand der Wellen und Thorsten trägt Tamira über die Schwelle zum kühlen Nass. Als Yara vorsichtig die Füße der Kleinen mit Wasser benetzt, quietschten sie beide vor Vergnügen. Yara ist zum Heulen und gleichzeitig zum Lachen zumute. Wie viel Lebensfreude noch in diesem schwachen, ausgezehrten Körper steckt. Den Tagen mehr Leben schenken, denkt sie und wird überwältigt von ihren Gefühlen. Sie kann ihre Tränen nicht zurückhalten.

»Du weinst ja«, stellt Tamira erschrocken fest.

»Ja, weil ich so happy bin. Dass ich mit dir hier sein darf, das macht mich glücklich.« Laura breitet die Decke aus und legt die mitgebrachten Leckereien für das Picknick bereit, während sich Yara Tamira huckepack auf den Rücken legen lässt. Schritt für Schritt läuft sie mit ihr durch die sanften Wellen. Dicht gefolgt von den Jungs, die hier die Verantwortung tragen.

»Erstmal Pause«, mahnt Mike und sie legen Tamira behutsam auf die Decke und wickeln sie in ein trockenes Tuch.

Thorsten holt einen Sonnenschirm aus dem Wagen und spannt ihn auf, damit die Kleine nicht zu viele Sonnenstrahlen abbekommt. Erschöpft fällt sie in den Schlaf und sieht dabei so entspannt und froh aus. Lauras Handy klingelt und sie erkennt die Nummer von Tamiras Vater im Display. Leise entfernt sie sich von der Decke, um ihn über den Verlauf des Tages zu informieren. Yara nutzt die Zeit und schickt Tom eine Nachricht.

»Alles läuft perfekt. Sie ist so glücklich und ich bin es auch«, schreibt sie. Es ist doch erst ein paar Tage her, dass sie frustriert von zu Hause weg ist. Sie fand ihr Leben öde und langweilig. Jetzt sitzt sie hier am Strand, neben diesem kleinen Mädchen, für die es eine Glückseligkeit bedeutet, ihre Füße im Meer zu baden. Und sie selber ist glücklich, weil Tamira es ist. Sie ist dankbar für diesen Moment. Laura lächelt zufrieden, als sie ihr Telefonat beendet hat. Behutsam wird Tamira geweckt. Schließlich steht noch das Muschelnsammeln auf dem Programm.

Ein älterer Mann stapft durch die Dünen auf sie zu. Er hat eine Gruppe von vier Kindern im Schlepptau, die kleine Eimer, Schüppchen und Kescher dabeihaben. Tamira schaut interessiert auf und fragt den Mann, als er an ihr vorbeiläuft:

»Was macht ihr mit den Eimern?« Erst jetzt nimmt er das kleine Mädchen auf der Decke wahr. Es ist nicht schwer zu erkennen, dass sie nicht fit ist, so wie die Kinder, die ihm folgen. Er setzt sich in einiger Entfernung in den Sand und fordert die kleine Gruppe auf, sich im Halbkreis um ihn zu platzieren.

»Ich bin der Jan«, stellt er sich Tamira vor. »Wir sind auf der Suche nach Wattwürmern. Heute sind die Sandbänke durch den Wind freigespült, da kann man sie gut fangen.«

»Kann man die essen?«, fragt Tamira leicht angeekelt. Jan lächelt.

»Wir nicht so gerne, aber für die Fische sind sie

eine Delikatesse. Die Würmer brauchen wir später als Köder zum Angeln.« Er steht auf und holt aus den tiefen seiner Wathose eine wunderschöne Muschel hervor. »Die schenke ich dir, du kleine Prinzessin. Zur Erinnerung an einen schönen Tag an der Ostsee.« Tamira strahlt über das ganze Gesicht. Der Mann zieht mit seiner kleinen Truppe weiter.

Nach vier Stunden am Strand wird es Zeit für den Rückweg.

Es ist fast Abend, als die Mitarbeiter des Vereins 'Herzwunsch', Laura und ihre Tochter wieder sicher in das Haus der Schmetterlinge zurückbringen und sich verabschieden. Tamira ist wie zu erwarten, ziemlich erschöpft und braucht jetzt absolute Ruhe. Laura schläft seit einigen Tagen mit in ihrem Zimmer, lässt es sich aber nicht nehmen, dem Team ihren Dank für dieses wunderschöne Geschenk an ihre Tochter auszusprechen. Es sind Spendengelder, die diesen Tag möglich gemacht haben, doch es ist das Team aus Ärzten und Pflegern, das für die Umsetzung solcher Wünsche verantwortlich ist. Alle haben ihr Bestes gegeben, Tamira so schöne Stunden zu ermöglichen.

Yara und ihre Mutter bleiben noch eine Nacht in dem Hotel auf Usedom. Sie essen am Abend eine Kleinigkeit zusammen und Yara erzählt, wie es Tamira ergangen ist an diesem Tag. Die Kleine konnte nicht über den Strand rennen, keine Sandburgen bauen oder in den Wellen toben, wie all die anderen Kinder. Und doch war Tamira glücklich. Sie war fröhlich, aufgedreht und stolz, eine so schöne Muschel geschenkt bekommen zu haben.

»Was macht ein glückliches Leben aus?«, fragt sich Yara und spricht es laut aus.

»Das ist eine Frage, die mich auch beschäftigt«, sagt ihre Mutter. »Und zumindest eine Antwort habe ich für mich bereits darauf gefunden.« Yara sieht sie fragend an.

»Meiner Tochter wieder in die Augen schauen zu können«, erklärt sie und lächelt.

Nach ihrer Rückkehr in Berlin trifft sich Yara mit Tom und Oliver zum Mittag in einem chinesischen Restaurant. Jedes Detail des gestrigen Tages ist ihr so wichtig, dass sie es niemals vergessen möchte. Sie beschreibt den beiden die leuchtenden Augen der Kleinen, als sie das Meer erblickte und die Freude über unzählig viele gesammelte Muscheln, die dem Exemplar des Fischers nicht das Handtuch reichen können. Alle Zweifel, die sie hatte, mit einem so kranken Kind eine Flugreise zu unternehmen, sind längst verflogen, denn es war ein perfektes Projekt. Auch, dass sie und ihre Mutter sich nähergekommen sind, erwähnt sie. Sie ist froh, dass es einen Anfang gibt, in der Beziehung zu ihr. Tom hängt nicht nur an Yaras Lippen, er sieht vor allem, dass sich ihre Gesichtszüge verändert haben. Sie ist so entspannt und voller Lebensfreude. Er stellt fest und lächelt dabei:

»Dann hast du mal kurz angehalten, auf der Insel des Verzeihens?« Yara schmunzelt.

»Wer weiß? Sie gibt sich echt Mühe. Das erkenne ich an. Ich werde jedenfalls nicht mit ihr zusammenziehen. Mal abwarten, ob ich die Schule auf dem Internat zu Ende bringen kann.« Tom grinst breit. Die Idee gefällt ihm.

Oliver, den jetzt alle wieder mit Olli ansprechen dürfen, platzt mit einer Neuigkeit heraus.

»Bei einer neurologischen Untersuchung gestern

hat sich eine Verbesserung meiner Nervenreizleitung im Rückenmark herausgestellt.« Yara und Tom schauen ihn verblüfft an.

»Und was bedeutet das genau?«, will Tom wissen.

»Die haben mir eine Nadelelektrode in den Muskel injiziert und über ein Kabel die Aktivität auf einem Monitor sichtbar gemacht. Das hat wehgetan, was in diesem Fall ein gutes Zeichen ist. Der Muskel arbeitet. Nicht wie der eines Sprinters, aber es geht aufwärts.«

»Das heißt, du wirst deine Beine demnächst normal bewegen können?«, fragt Tom nach.

»Wieder eine Chance, dir ins Knie zu treten, wenn du nervst«, erklärt Olli und feixt. »Aber ich soll es langsam angehen, mahnen die Ärzte. Vielleicht lohnt sich die Schinderei bei den Physiotherapeuten dann ja doch.«

Am nächsten Tag verlässt Yaras Mutter die Stadt. Schon früh am Morgen hatte sie ein längeres Telefonat mit ihrem Mann, bei dem sie ihn darüber informierte, dass Yara über die wahren Familienverhältnisse Bescheid weiß. Er hat es fast mit Erleichterung aufgenommen, dass diese Lüge jetzt ausgeräumt ist. Was ihm nicht passt, ist die Tatsache, dass Yara ihn als Alleinschuldigen präsentiert bekommt und er besteht deshalb ebenfalls auf ein Gespräch mit ihr. Unter der Voraussetzung, dass sie das Abitur in einem Anlauf schafft, ist er bereit, das Internat weiter zu finanzieren. Mit dem Angebot kann Yara leben. Ihre Zielsetzungen haben sich geändert. Mit Tom nach dem bestandenen Abi auf Reisen zu gehen, ist ihr größter Traum. Daran wird sie sich orientieren bei allem Frust, der ihr noch bevorstehen könnte. Ihre Ma gibt ihr nicht nur Rückendeckung, was das Internat angeht. Sie darf auch den Rest der Ferien in Berlin bleiben. Was bedeutet, sie hat noch Zeit. Für Tamira, für Tom und auch für sich selbst. Noch immer kann sie nicht unbefangen auf ihre Mutter zugehen und druckst herum, als es heißt, Abschied zu nehmen.

»Das waren aufschlussreiche Tage«, stellt ihre Ma lächelnd fest. Sie sieht müde aus und gleichzeitig wirkt sie entspannter. Yara geht auf sie zu und nimmt sie kurz in den Arm. Es fühlt sich gut an und fremd.

»Hab dich lieb«, sagt ihre Ma und steigt schnell in den Wagen, bevor ihre Tränen sie daran hindern. Ein kurzes Winken und weg ist sie.

Als Yara am Nachmittag ins Hospiz fährt, ist sie immer noch ganz beseelt von den Ereignissen auf Usedom. Nicht nur die Zeit mit Tamira hat sie genossen. Es war auch die Nähe zu ihrer Mutter, die sie als unerwartet leicht empfand. Sie haben sich nicht gestritten und konnten sogar viele Missverständnisse klären. Im Laufe der Jahre hatten sie sich immer weiter voneinander entfernt. Und statt sich in ihrer Einsamkeit zu verbünden, baute jeder eine steinige Mauer um sich herum. Aber jetzt freut sie sich, ihre gewählte kleine Schwester zu sehen.

»Tamira ist erschöpft von dem Ausflug gestern«, erklärt Saskia, als sie vor ihrer Tür steht. »Sie schläft noch tief und fest.«

»Aber es geht ihr doch gut, oder?«, fragt Yara erschrocken.

»Sie hat den Tag am Meer in vollen Zügen genossen. Das ist das Wichtigste«, stellt Saskia klar.

Yara dreht sich um und nimmt den Weg zur Küche. Sie behält ein flaues Gefühl im Magen. Es bereitet ihr Schmerz, dass die Kleine für einen Tag voller Spaß und Lebensfreude, jetzt mit Erschöpfung bestraft wird. War das den Preis wert? Ganz sicher, das ist ihr klar und doch fühlt sie sich schuldig, der Kleinen vielleicht zu viel zugemutet zu haben. Es hat ihr so einen Spaß gemacht, Tamira immer wieder mit den Füßen in die Wellen treten zu lassen. Bis Mike eine Pause anordnete. Yara packen Selbstzweifel, ob sie der richtige Umgang für ein so krankes Mädchen ist. Sie weiß viel zu wenig von Krankheiten und erst recht nichts vom Tod. Ich mache alles noch schlimmer für Tamira, wenn ich nicht genug auf sie aufpasse, geht es ihr durch den Kopf. Überhaupt ist sie der Sache nicht gewachsen, davon ist sie in diesem Moment überzeugt.

»Es ist niemandem damit geholfen, wenn man sein eigenes Leben in Frage stellt, weil ein anderer seines verlieren wird«, hatte Hildegard gesagt. Das ist Yara klar, aber einen Menschen loszulassen, der einem so nahe ist? Fast wie ein Teil von einem Selbst? Wie soll das gehen? Sie empfindet schon den Gedanken an den Abschied wie Verrat. Es gibt Stunden, in denen sie verzweifeln könnte, aber gleichzeitig weiß sie inzwischen, dass sie keine Antworten bekommt, indem sie zu allem Nein sagt. Mittlerweile sucht sie den Kontakt zu Mats. Er hat eine andere Sichtweise auf das Leben. Und er hält es aus, wenn sie ihm widerspricht. Es ist schon fast zu einem Ritual für sie beide geworden, gemeinsam in der Mittagszeit einen Tee auf der Terrasse zu trinken. Als sie die Küche betritt, sieht sie ihn beim Essen. Er gibt ihr durch ein Handzeichen zu verstehen, dass er in fünf Minuten Zeit für sie hat.

Und dann erzählt sie auch ihm, wie sie den Tag mit Tamira erlebt hat, obwohl er natürlich von Laura längst weiß, wie alles verlaufen ist.

»Ich möchte die Zeit anhalten. Oder den Tag immer wieder neu abspielen«, stellt Yara fest.

»Und ewig grüßt das Murmeltier«, erklärt Mats und lächelt.

»Aber das Leben findet nur im Hier und Jetzt statt.«

»Psychogerede.«

»Nenn es so, wenn du willst.« Er grinst.

»Ich habe Angst«, erklärt sie. »Und das hindert mich daran, Tamira frei zu begegnen. Diese Scheißangst spricht jeden Tag zu mir.«

»Was sagt sie, die Angst?«

»Dies könnte der letzte Tag mit ihr sein; Du musst dich verabschieden; Tamira leidet immer mehr und du musst dabei zusehen; Sie möchte so gerne leben, aber schon bald wird sie dich verlassen. Diese Sätze sind in meinem Kopf und ich kann nichts dagegen tun.«

»Mal angenommen, du stellst die Liebe, die du für Tamira empfindest, der Angst gegenüber. Welches Gefühl ist stärker?« Yara stöhnt laut auf.

»Schon wieder Psychospielchen«, schimpft sie, aber antwortet: »Die Liebe ist stärker, weil sie immer da ist. Die ganze Zeit. Die Angst schleicht sich an, wie ein Dämon. Sie verschwindet dann aber auch mal wieder. So wie gestern am Strand.«

»Was denkst du, wer hat die Liebe erschaffen? Und wer die Angst?«

»Sag du es mir, du bist der Profi.« Yara ist genervt. Das Gespräch wird ihr viel zu persönlich. Und doch denkt sie über die Frage nach und erklärt: »Die Angst ist in meinem Kopf. Vielleicht erschaffe ich sie selber, durch meine Gedanken. Ich weiß es nicht. Mit der Liebe ist das anders.«

»Ja, so sehe ich das auch.«

»Was?«

»Dass es mit der Liebe anders ist. Sie ist schon ein Teil von uns, wenn wir auf die Welt kommen. Wir verlieren sie auf unserem Lebensweg manchmal aus dem Gefühl, aber sie ist immer in uns.«

»Was machst du mit deinen Dämonen, wenn sie auftauchen?«, will Yara wissen.

»Ich nehme sie zur Kenntnis, schenke ihnen einen Moment Aufmerksamkeit und gehe in die Zuversicht, dass das Leben mir nicht mehr Aufgaben vor die Füße legt, wie ich bewältigen kann.«

»Und das klappt?«, fragt sie mit hochgezogenen Augenbrauen.

»Manchmal«, sagt er und grinst. »Ängste können

mächtig sein, so wie du es beschreibst. Aber auch dann verschwinden sie, wenn man ihnen nicht zu viel Bedeutung gibt. Die Liebe bleibt. Also heißt es durchatmen und auf die andere Seite schauen.«

Laura betritt die Küche und ihre Augen sprechen alles aus, was sich das Herz weigert zu formulieren. Sie geht auf die beiden zu und erklärt traurig:

»Sie war so glücklich am Meer. Ich möchte diese Gefühle so gerne für sie festhalten, aber sie ist jetzt so erschöpft und hat sogar leichtes Fieber.«

Mats steht auf und holt für Laura einen Stuhl, während Yara sich auf den Weg zu Tamira macht. Sie setzt sich still an ihr Bett. Kurz schlägt die Kleine die Augen auf.

»Hallo, meine Süße«, sagt Yara sanft. Tamira lächelt nur und zieht die große perlmuttfarbene Muschel unter der Bettdecke hervor, die sie von Jan, dem Wattwurmsucher, geschenkt bekommen hat. Erschöpft schließt sie sofort wieder die Augen und schläft ein.

Yara spürt, wie sich die Angst in ihr breitmachen will. Keine Dämonen können mich daran zweifeln lassen, wie sehr ich dich lieb habe, denkt sie.

*

Yara erzählt Tom von dem Gespräch mit Mats. Sie revidiert inzwischen die Einstellung, die sie zu ihm hatte, denn er ist ganz anders als die religiösen Vertreter, die ihr bisher begegnet sind. Seit der Sache mit Sabrina wollte sie mit keinem mehr was zu tun haben, der so fanatisch davon überzeugt ist, zu wissen, wer oder was Gott ist. Mats textet sie nicht zu und er interessiert sich wirklich für ihre Meinung.

Aber was sie am meisten beschäftigt, ist die Frage.

»Braucht man erst den Blick auf das Unglück anderer, um sich zu ändern? Ist der Preis dann nicht zu hoch?«, fragt sie Tom.

»Du hast doch keine Schuld an Tamiras Unglück«, antwortet er nachdenklich. »Auch wenn dir die Begegnung mit ihr neue Impulse für dein Leben gibt.«

»Ich dachte, dass die Zukunft automatisch an die Gegenwart anknüpft. Und ich nur durch Protest zeigen kann, dass ich diese Zukunft nicht will. Dieser Glaube hat mich immer wütender werden lassen, dabei hatte ich doch nur Angst.«

»Ein Kreislauf, den du scheinbar endlich durchbrochen hast?«

»Du sagtest, ich bin ein Türöffner. Dabei es hat sich eher eine Tür in mir geöffnet.«

»Das passt ja gut zu dem Experiment, was Mats dir vorgeschlagen hat«, meint Tom und ergänzt, »Ich hätte da eine Idee.«

Ein Experiment

Am nächsten Vormittag erklärt Tom Yara, was er vorhat. Die Mutter eines Freundes leitet eine Galerie in Berlin-Mitte, in deren Räumen sich ein Atelier befindet. Hier können sich junge Künstler an einem Tag in der Woche, ausprobieren. Sie zahlen einen geringen Obolus und dürfen dafür im Gegenzug alle Materialien nutzen.

»Von wegen weiße Leinwand«, erklärt Tom. »Hast du Lust, die Fähigkeiten, die du in deinem Leben manifestieren willst, auf einem Bild festzuhalten?« Yara ist geflasht von der Idee.

»Das wird sicher kein Kunstwerk, aber die Idee ist doch genial.« Tom kann dank seiner Beziehungen schon für den heutigen Tag zwei Plätze in dem Atelier reservieren. Auch er möchte sich diesem Experiment stellen und Yara freut sich schon darauf, sich später mit ihm auszutauschen. Sie kaufen unterwegs Proviant für den ganzen Tag ein, denn sie wollen sich Zeit nehmen, für ihr Projekt.

»Hast du darüber nachgedacht, welche Fähigkeiten dir wichtig sind?«, fragt Tom.

»Es geht schon was ab in meinem Kopf«, erklärt sie und lächelt, »aber wie ich das auf einer Leinwand realisieren soll, das weiß ich noch nicht.«

In der Galerie treffen sie auf einige andere junge Leute.

Erik, der sie begrüßt und eine kurze Einweisung mit ihnen macht, studiert im dritten Semester Kunst. Einen Moment ist Yara befangen. Sie fragt sich, ob sie mit dieser Aktion nicht einem richtigen Künstler die Möglichkeit zum Lernen nimmt. Aber dann verwirft sie den Gedanken, denn ihr ist klar, wie wichtig ihr dieses Experiment schon geworden ist. Nachdem sie sich einen Überblick über die bereitgestellten Materialien verschafft haben, holt sich jeder eine Staffelei. Sie stellen sie so, dass sie sich nicht gegenseitig auf das entstehende Bild schauen können. Keiner soll den andere beeinflussen.

»Viel Erfolg«, sagt Tom und lässt Yara mit ihrer weißen Leinwand allein.

Eine ganze Weile schaut sie auf diese noch ungestaltete Fläche vor sich und lässt den Gedanken, das könnte ihr Leben sein, auf sich wirken. Sie möchte reisen, studieren, Motorrad fahren und vieles mehr, aber sind das nicht nur Wünsche? Welche Werte sind mir wichtig?, fragt sie sich.

Freiheit fällt ihr ein. Aber vollkommen frei sein, geht das überhaupt? Ohne Grenzen, ohne Einmischung von anderen? Ist das möglich? Rein intuitiv malt sie einen großen Baum auf die Mitte der Leinwand. Fünf kräftige Wurzelstränge sind tief mit der Erde verwachsen. An jedem der Stränge wird sie eine Fähigkeit manifestieren, die für ihr Leben bedeutsam ist. Und sie weiß längst, was das Wichtigste ist. Die Fähigkeit zu lieben. Sie berührt mit den Fingern ihren Anhänger am Hals und lächelt in sich hinein. Jetzt malt sie das Wort ***Liebe*** mit einem roten Kreidestift an die Wurzelspitze ihres Baumes. An den Ast, der aus dem Strang herauswächst, zeichnet sie Herzen, die miteinander verflochten sind. Noch vor zehn Tagen, davon ist sie überzeugt, wären ihre diese Gedanken nicht als Erstes in den Sinn gekommen. Sie war so misstrauisch jedem gegenüber.

Tamira hat sie dazu gebracht, anders über das Leben zu denken. Sie hat durch ihre gewählte kleine Schwester gelernt, zu vertrauen. Deshalb formuliert sie als zweite Fähigkeit in schwungvollen Buchstaben das Wort ***Vertrauen*** unter den nächsten Wurzelabschnitt. Den dazugehörigen Ast umfassen viele Hände, mit dem Wissen, gehalten zu werden. Yara tritt einen Schritt zurück, um ihr Werk mit etwas Abstand zu betrachten. Und wie aus dem Nichts tauchen dunkele Gedanke in ihr auf.

Liebe und Vertrauen, kann ich das leben? Es ist so einfach hier, mit Tom an der Seite. Aber wie wird es in Kiel weitergehen? Plötzlich überfallen Yara Zweifel und ihr Herz beginnt zu rasen. Bin ich hier in einer Märchenstunde? Geht es ihr durch den Kopf. Meine alten Probleme warten im Internat auf mich und ich bin dort wieder genauso unglücklich wie vorher. Der Flow, indem sie gerade noch war, hat sich in Luft aufgelöst. Sie fühlt sich auf einmal blutleer und starrt aus dem Fenster. Tom bemerkt Yaras Gefühlschaos sofort, als er über seine Staffelei schaut und kommt zu ihr rüber. Ohne Nachfrage nimmt er sie liebevoll in den Arm und hält sie. Er spürt ihren Körper vibrieren, ihre Tränen an seinem

Hals, ihr leises Schluchzen.

»Die Angst«, sagt sie nur.

»Atme«, antwortet Tom.

Die Angst entsteht im Kopf, hat sie im Gespräch mit Mats erfahren. Im Moment nimmt sie allen Raum in ihr ein. So real, als gäbe es nichts anderes. Doch Toms Arme, die sie liebevoll halten, holen sie aus dieser Panikattacke wieder zurück in die Wirklichkeit. Alles ist gut, sagt sie sich und kann sich langsam aus der Umarmung lösen. Tom sieht sie fragend an.

»Machen wir uns nicht etwas vor, wenn wir uns eine Zukunft ausmalen, die nichts mit der Vergangenheit zu tun hat? Dadurch ändert sich doch gar nichts. Ich muss zurück nach Kiel, daran ändern auch alle positiven Erfahrungen nichts, die ich hier mache. Diese Angst, dass ich wieder in mein altes Leben zurückmuss, hat mich kalt erwischt.«

»Dieses alte Leben gibt es nicht mehr«, stellt Tom behutsam fest. »Weil du jetzt viel mehr über dich weißt. Diese Ängste sind nur sehr hartnäckig.« Um sich zu fassen, setzt sich Yara für ein paar Minuten auf die Treppenstufen vor der Galerie. Tom bringt ihr eine Tasse Tee und setzt sich zu ihr.

»Willst du das hier abbrechen?«, fragt er. Sie schüttelt nur den Kopf. Sie wird sich nicht von diesen negativen Gedanken daran hindern lassen, ihren Plan zu Ende zu bringen. Gemeinsam unternehmen sie einen Spaziergang und mit jedem Schritt bekommt Yara wieder das Gefühl, sich selbstbestimmt zu bewegen. Tom hat Recht. Sie fährt mit anderen Voraussetzungen zurück nach Kiel. Und jetzt freut sie sich darauf, an ihrem Bild in dem Atelier weiterzuarbeiten. Eric lächelt ihr aufmunternd zu, als sie sich wieder an ihre Staffelei stellt.

Sie nimmt sich Zeit und schaut sich noch einmal die Leinwand aus etwas Distanz an. Ja, die Fähigkeit zu lieben, ist die Grundlage von allem, sagt sie sich. Und ihre Gedanken schweifen wieder ab. Sie denkt an den Moment, als sie neben Tamira im Auto saß. In dem Augenblick, als das Mädchen wegen ihrer beiden Glatzen lachte, veränderte sich etwas in ihr. »Wir könnten Schwestern sein«, hatte Tamira dann gesagt. Und in Yara keimte ein Gefühl, das sie bis dahin nicht kannte. Sie fühlte sich angenommen. Sie malt einen Himmel über ihren Baum und aquarelliert ihn in hellen Blautönen. Die Blätter der Äste werden zu kleinen Schmetterlingen, die mit runden Augen neugierig in die Umgebung schauen. Und sie ist froh und dankbar für das Zusammentreffen mit Tamira. Bei all dem Schmerz, der hinter dieser Begegnung steht, ist es ein Geschenk, sie zu kennen. Mit dem Wort ***Dankbarkeit*** beschriftet Yara den dritten Wurzelstrang. Ihr Herz wird schwer, wenn sie daran denkt, vielleicht schon bald von ihrer kleinen Schwester für immer getrennt zu sein. Von dem Menschen, der ihr zeigt, wie schön es ist zu leben. Und deshalb, möchte sie keine Sekunde missen, die sie mit Tamira zusammen verbringt. An den Ast dieses Stranges malt sie einen gelben Ballon, der an einem Seil himmelwärts strebt. Doch noch ist er angebunden.

Ohne auf ihre Leinwand zu schauen, stellt Tom ihr eine Cola auf die Fensterbank und lächelt sie kurz an. Sie nutzt gerne die Pause, um noch einmal über Mats` Worte nachzudenken, die er ihr mitgegeben hat, bei ihrem gemeinsamen Gespräch.

»Stell dir vor, dein Leben ist eine weiße Leinwand«, hat er gesagt. »Dir stehen fünf Fähigkeiten zur Verfügung, die du dort manifestieren kannst. Du allein bestimmst über deine Zukunft. Welche Träume und Wünsche hast du? Was gehört für dich zu einem erfüllten Leben? Und sei dir klar, dass es nur Grenzen gibt, die du selber erschaffen hast.«

Ich kann nur etwas ändern, wenn ich mich frei mache, von den Altlasten meiner Familie, überlegt Yara. Vielleicht sollten die Grenzen, die ihre Eltern ihr gesetzt hatten, ja mal etwas Gutes bewirken. Sie hatte sie als Mauern erlebt, hinter die sie sich abgeschoben fühlte. Jetzt spürt sie ***Neugier***. Auf sich und auf alles, was kommen wird. Und so manifestiert sie damit ihre vierte Baumwurzel. Zwischen die Äste malt sie Symbole, die für ihre Wünsche und Träume stehen. Bunte Blumen, Vögel, Bücher, einen Koffer, ein Flugzeug am Horizont, einen Regenbogen, Schmetterlinge und viele Herzen, die für die Namen von Menschen stehen, die ihr wichtig geworden sind. Tom und Tamira natürlich. Aber auch Olli. Und Ben, Lukas, Mats und Laura haben einen festen Platz in ihrem Herzen, also auch auf ihrer Leinwand. An einer Seite des Bildes wartet ein Motorrad, mit bepacken Rucksäcken. Es steht dort für ihren Traum, mit Tom auf Reisen zu gehen.

Noch eine Fähigkeit hat sie zur Verfügung. Sie hat die Liebe gewählt, das Vertrauen, die Dankbarkeit und die Neugier. Was ihr noch fehlt, ist das Verzeihen. Sie wurde verletzt, hintergangen und allein gelassen. Nicht nur von ihren Eltern, aber durch deren Art, allen unbequemen Fragen aus dem Weg zu gehen, haben sie Anteil daran, dass sie sich immer mehr zur Außenseiterin gemacht hat. Sie sehnt sich nach etwas Neuem und hat andere Pläne. Zum ersten Mal in ihrem Leben kann sie die sogar benennen. Das Abitur hinter sich bringen, studieren und reisen. Und sie hat vor zu recherchieren, wer ihr leiblicher Vater ist. Sie will nichts von ihm, nur wissen, was ihre wahren Wurzeln sind. Ihre Begabung im Fach Physik hat sie vielleicht von ihm geerbt.

Und wer weiß, ob er nicht doch auch mehr von ihr erfahren möchte, wenn er erfährt, dass es sie gibt. ***Verzeihen*** können ist notwendig für einen Neuanfang. Yara schafft es nicht, diesen Wurzelstrang so kräftig zu malen, wie den, der für die Liebe steht. Vielleicht kann sie sich irgendwann ganz mit ihrer Geschichte aussöhnen. Im Moment weiß sie nur, dass sie es sich wünscht. Zum Schluss malt sie mit hellen, lichtfarbenen Pastelltönen einen Hintergrund. Sonnenlicht strahlt durch ihren Baum, bis in die Wurzeln ihrer Fähigkeiten. Yara nimmt etwas Abstand von ihrem Werk und bemerkt, dass Tom wohl schon eine ganze Weile still auf einem Hocker an der Wand gelehnt sitzt. Sie lächelt ihn liebevoll an, was er als Aufforderung betrachtet, zu ihr rüber zu gehen.

Schweigend stehen sie erst eine Weile vor ihrer Leinwand und dann zieht er sie rüber zu seinem Bild. Auf dem sind drei Worte zu lesen, sonst nichts. ***Ich liebe Dich***.

»Das umfasst meine Träume, meine Pläne und das, was ich mir von einem erfüllten Leben erhoffe«, sagt er sanft und lächelt sie an.

Ein gelber Ballon

»Tamira ist sehr schwach«, flüstert Mats. Yara hört seine Worte und starrt dabei aus dem Fenster. Sie versucht, da draußen einen Punkt zu fixieren, um nicht loszuschreien.

Wieso so schnell? Wieso jetzt?, fragt sie sich. Dann steht sie wortlos auf und verlässt den Raum. Im Flur verharrt sie einige Minuten, um sich zu sammeln. Sie wird jetzt die große Schwester für Tamira sein und sich nicht feige zurückziehen. Leise drückt sie die Türklinke zu Tamiras Zimmer wieder herunter und bemerkt, dass der Raum abgedunkelt wurde.

Tamira liegt in einer Art Dämmerschlaf. Zwischendurch wacht sie auf und vergewissert sich, ob jemand bei ihr ist. Laura und ihr Mann sitzen sich gegenüber und jeder hält eine Hand ihrer Tochter. Jetzt ist sie da, die Zeit des Abschieds.

Aller Schmerz fließt in eine Wolke aus Zuwendung und Liebe. Nur Tamira zählt in diesen Stunden. Sie alle erleben die Nähe zu ihr bewusst und voller Zärtlichkeit und Wärme. Yara verlässt den Raum wieder, um nach einer halben Stunde mit einem großen gelben Luftballon zurückzukehren. Sie hatte Laura von Tamiras Vorstellung erzählt, mit einem Ballon zum Himmel zu fliegen, um dort abgeholt zu werden. Sie befestigt ihn über das Kopfende von Tamiras Bett. In diesem Moment öffnet die Kleine ihre Augen und Yara bleibt fast das Herz stehen. Doch Tamira lächelt sie an, bevor sie wieder in einen tiefen Schlaf fällt. Dieses Lächeln bestätigt Yara, dass sie sich auf einer tiefen Seelenebene niemals verlassen werden.

Ben, den sie immer mal wieder mit seiner Mutter in der Küche getroffen hat, fängt sie ab, als sie sich am Nachmittag einen frischen Tee holt. Sie ahnt, was in ihm vorgeht und weiß nicht recht, was sie ihm sagen soll.

»Kannst du ihr einen Gruß von mir ausrichten?«, fragt er unbeholfen.

»Ich weiß nicht, ob sie es noch wirklich wahrnimmt«, erklärt sie ehrlich. »Aber natürlich, ich werde sie von dir grüßen«, verspricht sie und streichelt tröstend seine Schulter. Als sie das nächste Mal zu Tamira ans Bett kommt, legt sie ihr einen sanften Kuss auf die Stirn und flüstert ihr leise ins Ohr, »Der ist von Ben.« Es scheint, als fliegt ein Lächeln über Tamaras Gesicht.

Noch weitere zwei Tage wachen sie abwechselnd an Tamiras Seite. Die Zeit scheint still zu stehen. Tamira schläft an einem frühen Freitagabend im Beisein ihrer Eltern für immer ein.

Gemeinsam sitzen sie an ihrem Bett. Laura, Tamiras Papa und Yara. Wie unter einer Glasglocke, verwoben in einem Kokon aus Schmerz und der Trauer des Abschiednehmens. Aber auch aus der tiefen Liebe, die sie mit Tamira verbindet. Sie halten sich bei den Händen und klammern sich in ihrem Kummer aneinander wie Ertrinkende. Für einen Moment hat Yara das Gefühl, sie würden jetzt alle gemeinsam sterben. Es fühlt sich so leicht an, so richtig. Aber Tamira ging allein. Ihr zarter Körper bleibt schlafend im Kissen liegen, während ihre Seele leise das Zimmer verlässt. Es ist ein unerträglich schöner Moment, zu sehen, dass sie dabei glücklich aussieht.

Ein Stern am Firmament der Ewigkeit.

Epilog

Ein Jahr nach Tamiras Tod treffen Yara und Laura sich wieder. Laura schließt Yara in ihre Arme, als wäre sie der einzige Mensch, der versteht, was sie verloren hat. Ihr Weg führt sie als erstes zu Tamiras Ruhestätte. Ein Meer an Blumen schmücken die liebevoll gepflegten Gräber. Kleine, bunte Windräder, Kuscheltiere, Windlichter und eingerahmte Erinnerungsfotos. Jede kleine Grabstelle ist ein Unikat.

Fast erinnert dieser Ort an einen Kindergeburtstag, wenn es eben nicht ein Friedhof wäre. Laura kniet sich vor das Grab ihrer Tochter, um verblühte Knospen einer Asternstaude herauszuzupfen. Yara holt derweil frisches Wasser für eine Vase und stellt einen Strauß gelber Gerbera vor den herzförmig geschnittenen Grabstein aus weißem Granit. Nur Tamiras Name ist dort eingraviert und ein gelber Ballon, der himmelwärts fliegt. Laura greift nach Yaras Hand und sie beide stehen an Tamiras Grab und weinen still. Yara denkt an Mats und ihr fällt ein Gespräch ein, das sie beide bei einem Mittagstee im Hospiz geführt hatten. Sie hatte ihn gefragt, wie er das schafft, den Menschen Trost zu geben, in aussichtslosen Zeiten. Er antwortete: »Indem ich dem Leben die Bedeutung gebe, die es verdient. Über allem steht die Liebe. Und die endet nicht mit dem Tod. Nichts geht jemals verloren.«

Sie hatte kein Wort davon verstanden, doch in diesem Moment weiß sie, dass er Recht hat. Die Liebe zu Tamira wird sie immer bei sich behalten. Auch wenn sie in ihrem Leben noch nie etwas so sehr vermisst hat, wie dieses kluge Mädchen, das sich nicht hatte blenden lassen, von ihrer abweisenden Art. Noch immer hört sie dieses Lachen. Wir könnten Schwestern sein. Ja, das wurden sie dann auch. Und Yara ist bei allem Schmerz doch so dankbar dafür, dass sie in Lauras Auto eingestiegen ist. Dass sie nicht ihrer Angst gefolgt ist, sondern auf ihr Herz gehört hat.

*

Nachdem sie, auf dem noch immer ungeliebten Internat, ein akzeptables Abitur abgeliefert hat, ist es endlich soweit. Sie wartet mit ihrem fertig gepackten Rucksack und schaut Tom zu, der noch die letzten Funktionen seines Motorrades überprüft. Und dann geht es los, auf die ersehnte Reise, in einen anderen Teil dieser Welt. Ihre Eltern leben inzwischen getrennt. Von der Idee, Erkundigungen über ihren leiblichen Vater einzuholen, war ihr Mutter nicht begeistert. Aber was Yara angeht, ist sie jetzt volljährig und kann ihre eigenen Entscheidungen treffen. Es war gar nicht so schwer, seine Kontaktdaten herauszubekommen. Die Namen der Dozenten, die seinerzeit an der Veranstaltung für Physikstudenten teilgenommen hatten, waren im Internet zugänglich. Unter ihrem Vorwand, als zukünftige Physikstudentin in Dänemark Kontakte knüpfen zu wollen, hatte er ihr eine Liste mit entsprechenden Adressen zukommen lassen. Nachdem sie sich bedankt und in einem Nebensatz erwähnt hatte, sie sei die Tochter einer alten Bekannten von ihm, wurde er neugierig und wollte Näheres wissen. Als sie den Namen ihrer Ma nannte, fragte er nach ihrem Alter und der Groschen fiel schneller als erwartet. Niels Pedersen, ist seit sieben Jahren geschieden und hat zwei Söhne. Was bedeutet, dass sie Halbgeschwister hat. Dass sich in ihrem Leben innerhalb eines Jahres soviel verändert hat, ist unglaublich. Sie wollen sich treffen, aber erst nach ihrer Reise. Zu Laura wird sie auf jeden Fall den Kontakt halten.

Olli ist inzwischen aus der WG ausgezogen und kann sich nach weiteren, anstrengenden Monaten Physiotherapie wieder ohne Rollstuhl bewegen. Gehhilfen sind immer an seiner Seite, aber er hasst sie und das ist der beste Ansporn, weiter zu ackern.

Danke, sage ich

den Menschen, die mich darin bestärkt haben, nicht aufzugeben und dieses Buch zu schreiben. Mein größter Unterstützer ist mein Mann Klaus, der nie an einem guten Ende zweifelt und nicht genervt ist, wenn ich mich nicht von meinem Laptop lösen kann. Dagmar Moog, danke ich von Herzen für ihre Arbeit an und mit den Menschen. Und dafür, dass sie mich viele Jahre unterstützt hat. Gudrun Lerchbaum, selber Autorin, hat mich ermutigt, dieses Buch zu veröffentlichen. Emma Sommerfeld, meiner Lektorin, danke ich für ihre professionelle Sicht auf die Feinheiten. Und nicht zu vergessen Britta Benz. Mit ihrer Unterstützung liegt euch das Buch jetzt vor.

Und ich danke dir. Dafür, dass du Interesse an Yaras Geschichte gezeigt hast und sie bis hierhin gelesen hast.

Die Personen und die Begebenheiten in diesem Roman sind in weiten Teilen erfunden.

Die Autorin

Veronika Hempen, lebt mit ihrem Ehemann im schönen Münsterland. Sie hat zwei Töchter und fünf Enkel. Vierzehn Jahre lang arbeitete sie im sozialen Dienst für eine Stiftung, der auch ein Hospiz angehört.

Bewegt von eigenen Erfahrungen schrieb Veronika Hempen dieses Buch. Sie selbst war achtzehn, als ihr Kind verstarb. Sie war dabei, als ein junger Autofahrer bei einem Unfall ums Leben kam. Und sie verabschiedete einen guten Freund nach einer Krebserkrankung. Jedes Mal blieb sie ohnmächtig und wütend auf das Leben zurück. Bis sie sich die Frage stellte, was hat der Tod mit dem Leben zu tun? Es gibt nur eine Brücke, die beides miteinander verbindet.

Es ist die Liebe.

Printed in Poland
by Amazon Fulfillment
Poland Sp. z o.o., Wrocław

35313214R00127